Cicero zum Vergnügen

Cicero zum Vergnügen

»Stillsitzen kann ich einfach nicht«

Herausgegeben und übersetzt
von Marion Giebel

Mit 13 Abbildungen

Philipp Reclam jun.
Stuttgart

Universal-Bibliothek Nr. 9652

Umschlaggestaltung von Stefan Schmid
Gesamtherstellung: Reclam, Ditzingen. Printed in Germany 2004

ISBN 3-15-009652-9

www.reclam.de

Inhalt

Vorwort

Als um 1345 die Briefsammlungen Ciceros wieder aufgetaucht waren, schrieb Petrarca eine poetische Epistel an sein großes Vorbild: »Deine Briefe, die ich lange Zeit gesucht und dort, wo ich sie am wenigsten vermutete, gefunden habe, begierig habe ich sie durchgelesen. Ich habe dich viel sagen, viel wehklagen, viel hin und her reden hören, Marcus Tullius, und wenn ich auch längst wusste, was für ein Lehrer du gewesen bist, so habe ich jetzt endlich erkannt, was du für ein Mensch warst.«[1]

Petrarca zeigte sich enttäuscht, dass Cicero, der Philosoph, der Fürst der Redekunst, nicht die zurückgezogene, über alles erhabene Existenz des antiken Weisen führte, sondern sich in die Niederungen der Tagespolitik begab und, wie er ihm vorwarf, weichlich und weinerlich, streitsüchtig und wankelmütig war.

Petrarca war weder der erste noch der letzte, der an Cicero Anstoß nahm. In der neueren Zeit wertete man ihn gegenüber Caesar ab und bemängelte, dass er nicht ebenso mit groben Stiefeln durch die Weltgeschichte marschiert war. Anstatt beherzt seinen Vorteil im Bürgerkrieg auf Seiten der »großen Männer« zu suchen, überlegte er, auf welcher Seite das Recht zu finden sei, fand es auf keiner und zeigte sich, von des Gedankens Blässe angekränkelt, in einer höchst »unrömischen« Pose.

1 Francesco Petrarca, *Le Familiari*, ed. V. Rossi, Vol. IV, Lib. XX–XXIV, Firenze 1942, Lib. XXIV 3,1.

Man warf Cicero auch vor, dass er damals die Notwendigkeit einer monarchischen Staatsform nicht erkannte und sich stattdessen an die abgelebte römische Republik klammerte. Was war er vollends für ein naiver Utopist, zu glauben, mit moralischer Integrität und Verantwortungsbewusstsein sei der römische Staat, oder überhaupt ein Staat zu retten!

Was jene von Petrarca gerügten »menschlichen Regungen« angeht, so werden wir eher dankbar dafür sein, in Ciceros Werken und vor allem in seinen Briefen einen antiken Menschen zu finden, der nicht als »Klassiker« auf einem Podest steht. Wir erleben ihn in seinem persönlichen Umfeld, mit Freunden und Feinden, hochgestimmt und traurig, heiter und sarkastisch, und wir lassen uns durch den von ihm angelegten Garten der römischen Literatur führen.

Zwischen zwei Bereichen, zwischen Rom und Tusculum, spannt sich sein Leben: Da ist einmal die Sphäre der Politik in der *res publica*, die Cicero als *res populi*, als gemeinsame Sache des Volkes, definiert[2] und für die er leben und wirken will. Unser Begriff Staat kann das Emotionale nicht wiedergeben, das bei Cicero im Wort *res publica* stets mitschwingt. Als die *res publica*, die gemeinsame Sache aller, zur *res privata*, zur Sache von Einzelnen, geworden war, unter der Dreierkoalition Caesar, Pompeius und Crassus, dann unter Caesars Alleinherrschaft, trauerte Cicero um die *res publica* »mehr als je eine Mutter um ihren einzigen Sohn«.[3]

Was er so sehr bedauerte, nämlich von den Machthabern kaltgestellt zu sein, erwies sich als Glück für die Nachwelt. Denn in der erzwungenen Muße, die er auf

2 De rep. 1,39.
3 Fam. 9,20,3, vgl. im vorliegenden Band S. 141.

seinen Landgütern wie in dem geliebten Haus bei Tusculum verbrachte, tat sich ihm das Reich der *studia* auf. Studien, also eine weitgespannte Beschäftigung mit – vor allem griechischer – Kunst und Literatur, betrieb der gebildete Römer im *otium*, in der Freizeit und der Muße auf seinen Landgütern. Cicero hat dieses *otium* kultiviert; er hat das Zusammentreffen mit kulturell interessierten Freunden zu den Feiertagen in den Villen in Tusculum oder bei Neapel, Pompeji, Cumae, Formia oder Gaeta zum Rahmen seiner philosophischen Dialoge gemacht. Die Philosophie sollte keine Spezialdisziplin für Eingeweihte bleiben, sondern ihren Platz im römischen Leben erhalten. So kunstvoll und echt zugleich gestaltet Cicero diesen Rahmen seiner Gespräche, dass man, auch ohne das ganze Werk zu lesen, bereits an diesen Eingangssituationen spürt, was der viel zitierte Begriff *humanitas* alles bedeuten kann: nicht nur Menschlichkeit im Gegensatz zur Unmenschlichkeit, sondern eine feine, kultivierte Art im Umgang miteinander, Witz und Freude an eleganter Ausdrucksweise, gegenseitige Anerkennung und Rücksichtnahme. Diese Leichtigkeit und Verfeinerung führte zu einer Auflockerung der althergebrachten strengen Würde, der römischen *gravitas*.

Humanitas als Heiterkeit und Liebenswürdigkeit im geselligen Zusammensein, wie sie sich etwa in den Briefen an den Freund Paetus spiegelt, diente gleichzeitig dazu, die Widrigkeiten im öffentlichen Leben leichter zu ertragen. Und diese gab es reichlich für Cicero, schon in den Zeiten, da die römische Republik dem Anschein nach noch intakt war. Der Höhepunkt seines Lebens, das Konsulatsjahr mit der Niederwerfung Catilinas und seiner Anhänger, wurde Anlass zu seiner größten Niederlage: Als sich die politische Konstellation gewandelt hatte, musste der »Vater des Vaterlandes« wegen angeblich unrechtmäßiger Hinrichtung der Catilinarier in die Verbannung gehen. Die treibende Kraft war Publius Clodius, aus der altadligen Sippe der Appii Claudii, der seinen Adel abgelegt hatte und Plebejer geworden war, um das einflussreiche Amt des Volkstribuns innehaben zu können. Cicero hatte ihm in einem Skandalprozess die Bezeugung eines falschen Alibis verweigert[4] und sich dadurch einen Intimfeind geschaffen. Der Schlagabtausch mit ihm zeigt, ebenso wie die anderen Schimpfkanonaden und komödienreifen Auftritte, wie sich südländische Pose und Freude am geschliffenen Wort Ausdruck verschaffen. »Was haben wir für einen witzigen Konsul!«, bemerkte einmal der ernste Stoiker Cato der Jüngere.[5] Dass manches nicht so ernst zu nehmen ist – und genommen wurde, beweist die Tatsache, dass Cicero wegen eines Grundstückskaufs mit Clodia verhandeln wollte, der Schwester des Clodius, die er zugunsten seines Klienten Caelius in einer Prozessrede übel angeschwärzt hatte.[6] (Falls sie Catulls »Lesbia« war, stimmte freilich wohl so manches.)

Clodius, der zu schieben glaubte, wurde geschoben: Caesar, der im Hintergrund seine Machtposition aufbaute, machte sich die Agitationen des Volkstribuns, die die republikanische Ordnung aushöhlten, zunutze.

4 Bei dem nur Frauen vorbehaltenen, 62 v. Chr. im Hause Caesars begangenen Fest der Bona Dea hatte sich Clodius verkleidet eingeschlichen, um Caesars Gattin Pompeia zu besuchen. Er wurde ertappt und wegen Religionsfrevels angeklagt, aber infolge von Bestechung freigesprochen, vgl. Att. 1,16 (im vorliegenden Band S. 40, 42) sowie Plutarch, *Cicero* 28 f. Zur Ermordung des Clodius auf der Via Appia durch das Gefolge des Milo im Januar 52 vgl. Cicero, *Rede für Milo*, lat./dt., hrsg. von M. Giebel, Stuttgart 1972, [2]1980; M. Giebel, *Cicero*, Reinbek [11]1997, S. 72 ff.

5 Plutarch, *Vergleich des Demosthenes mit Cicero*, Kap. 1.

6 Vgl. Cicero, *Rede für M. Caelius*, lat./dt., hrsg. von M. Giebel, Stuttgart 1994.

Cicero aber, obwohl als ehemaliger Konsul ein Mann hohen Ranges, sah sich bei seiner Verbannung, wie auch oft genug nachher, von den Senatoren allein gelassen. Sie vergaßen nie, dass Cicero nicht von Geburt zum obersten Stand, zur Nobilität gehörte, sondern ein *homo novus*, ein Emporkömmling war, der sich nur zum Amtsadel emporgedient hatte. Cicero entstammte keiner der alten, vornehmen Familien Roms, sondern war ein Provinzler aus der Landstadt Arpinum; sein Vater war römischer Ritter gewesen, also Angehöriger des zweiten, minder geachteten römischen Standes. Durch seine große Begabung als Redner und seinen Einsatz für die bestehende Ordnung hatte sich Cicero einen Platz im Senat erkämpft, ja sogar das Konsulat errungen. Freilich ging es den *nobiles* nicht darum, den tüchtigen und redegewaltigen *homo novus* Cicero in ihre Reihen aufzunehmen, als sie ihm das höchste Amt, das sonst das Privileg der Aristokraten war, zukommen ließen. Sie brauchten den Konsul Cicero gegen die Umtriebe ihres Standesgenossen Catilina, der, seit er Bewaffnete um sich sammelte, zu einem »Sicherheitsrisiko« geworden war. Den »neuen Mann«, der seine Aufgabe erwartungsgemäß erfüllt hatte, weiterhin zu stützen, sahen sich die Aristokraten nicht veranlasst, zumal die von ihm verfochtene Einheitsfront aller Stände durch die Machtübernahme der Triumvirn bald illusorisch wurde. Cicero aber strich seine Großtat nur umso mehr heraus: »sein Konsulat, das er nicht ohne Grund, doch ohne Ende gelobt hatte«[7], was ihn nur noch mehr als Aufsteiger abstempelte. Und indem er sich als Schriftsteller betätigte, gewann er auch keinen vornehmen Nimbus. Dafür hatte man schließlich die Griechen.

7 Seneca, *De brevitate vitae – Von der Kürze des Lebens* 5,1.

Es war eine unglückliche Liebe, die Cicero zur führenden Schicht Roms hegte, und die ihn umso schärfer auch deren Unzulänglichkeiten erkennen ließ: Die vornehmen Herren nannten sich *optimates*, die Besten, *principes*, die führenden Männer, aber sie kümmerten sich nicht um die bedenklichen Verfallserscheinungen der *res publica*, sondern nur um ihre Fischteiche! Enttäuscht, aber voller Eifer für die Sache propagierte Cicero seine Vorstellung von den »echten« Optimaten: Es sind staatstreu Gesinnte, die sich für die *res publica* einsetzen, ganz gleich welcher Herkunft. Dass also auch Freigelassene Optimaten sein können, wie es Cicero auf die Frage nach seiner »Optimatensippe« formulierte,[8] musste die »geborenen« Optimaten in ihrem Ressentiment nur bestärken.

Das Gleiche gilt für seine unbedingte Rechtlichkeit und Integrität den Provinzbewohnern gegenüber, wie er es durch sein Vorgehen in Sizilien gegen den vornehmen Räuber Verres oder in Kilikien gegen seinen altadligen Amtsvorgänger Appius Claudius bewies. Mochten ihm die geschundenen Provinzialen auch Lobeskränze winden – die *nobiles* fanden es peinlich, wie der Emporkömmling Cicero, der »Romulus aus Arpinum«[9], hier den uneigennützigen Wohltäter der Menschheit spielte und dabei natürlich die hohen Herren ins Zwielicht rückte.

Ciceros Waffe ist das Wort, die geschliffene Sprache, wie er sie höflich, doch dezidiert gegenüber dem adelsstolzen Appius Claudius, und scherzhaft, aber deutlich gegenüber seinem jungen Freund Caelius gebraucht. Ob

8 *Rede für Sestius* 97, im vorliegenden Band S. 102.

9 Aus einer Sallust zugeschriebenen Invektive gegen Cicero, vgl. Quintilian, *Institutio oratoria* 9,3,89.

Cicero, indem er dessen Wünsche nach Panthern für die Zirkusspiele ablehnte,[10] wirklich zum Überleben der Tiere bis in unsere Zeit beigetragen hat, ist nicht sicher. Jedenfalls hat die Spezies Kleinasiatischer Leopard zu seinen Ehren den Namen *Pardus panthera tulliana* erhalten.

Es ist erfrischend zu lesen, dass Cicero, der Patron der Provinzen, zunächst nur ungern sein geliebtes Rom verlassen und das Amt des Statthalters im kleinasiatischen Kilikien übernommen hat. Er gibt selbst zu, wie er in sein Amt hineingewachsen ist und immer mehr Freude und Befriedigung bei seiner Tätigkeit empfand. Mit Selbstironie stellt er sich als Imperator auf Alexanders Spuren vor – doch auch mit ein wenig Stolz, höflich gemildert durch die Sprache, die so mühelos zwischen Ironie und Ernsthaftigkeit wechseln kann.

Die Sprache ist in den meisten Briefen so auf die Adressaten abgestimmt, dass wir den Verlust von deren Schreiben nicht zu sehr bedauern müssen. Der Freund Atticus tritt deutlich hervor als ruhender Pol, als lebenskluger, kritischer Ratgeber und Helfer bei privaten und politischen Problemen. Titus Pomponius, wegen seiner umfassenden griechischen Bildung und seines langjährigen Aufenthalts in Athen Atticus genannt, war römischer Ritter wie Cicero, mied aber im Gegensatz zu diesem als Epikureer das Auftreten auf der politischen Bühne, ohne freilich unpolitisch zu sein. Oft holte Cicero aus Rom in einer prekären Situation den Rat des Atticus ein, der auf seinen griechischen Besitzungen, aber keineswegs im Abseits lebte. Atticus war ein so erfolgreicher Geschäftsmann, dass er sich auch noch als Verleger betätigen konnte. In großen Schreibsälen ließ er die Manuskripte

10 Fam. 2,11,2, im vorliegenden Band S. 129.

Ciceros abschreiben und vermittelte sie an Freunde und Interessierte. Er nahm sich auch der häufigen Geldsorgen Ciceros an, der, aus keiner vermögenden Familie stammend, den Lebensstandard der vornehmen Familien Roms halten musste (und auch wollte). Atticus half bei der kostspieligen Ausstattung der Villen, vor allem des geliebten Tusculanums. Und er musste auch einspringen bei solch peinlichen Geschichten wie dem Darlehen von Caesar, durch das sich Cicero nicht mundtot machen lassen wollte, obwohl er es nicht zurückzahlen konnte.[11]

Mit Atticus konnte er auch seine familiären Angelegenheiten besprechen. Sein Familienleben mit dem Bruder Quintus, der Gattin Terentia und den Kindern Tullia und Marcus war harmonisch, wie wir vor allem aus den Briefen aus der Verbannung erkennen, die uns nicht weinerlich, sondern erfreulich natürlich und emotional erscheinen. Der Krieg aber brachte, wie häufig auch in späteren Zeiten, eine Entfremdung zwischen den Familienangehörigen, was zur Scheidung von Terentia[12] und zum Bruch mit dem Bruder führte. (Die Brüder versöhnten sich später wieder und fanden gemeinsam den Tod.) Marcus junior, der nicht so begabte Sohn eines begabten Vaters, ein Student von zweifelhaftem Fleiß, wurde vom Vater durch eine rosarote Brille betrachtet, was dieser auch offenherzig eingestand.

Ungetrübt blieb die väterliche Liebe zu Tullia, eine Beziehung, die an Innigkeit in der Antike ohne Beispiel ist. Tullia starb mit 32 Jahren nach der Geburt eines Kindes, geschieden von Publius Cornelius Dolabella, dem Mann, den sie sich selbst ausgesucht hatte; die Wahl

11 Att. 7,3,11, im vorliegenden Band S. 163.
12 Fam. 14,20 (im vorliegenden Band S. 119) ist der letzte Brief Ciceros an Terentia, in kühlem Ton und unter Vermeidung einer Anrede.

hatte ihrem Vater einige, wie sich herausstellte, berechtigte Sorgen bereitet. Dolabella war ehrgeizig, charmant und skrupellos und endete als Desperado in den Wirren nach Caesars Ermordung.

Tullias Tod hatte Cicero in eine schwere Depression gestürzt, aus der er sich nur durch die *studia*, die literarische Tätigkeit, befreien konnte. In jeder Lebenslage war die Beschäftigung mit den *litterae*, lesend und selber schreibend, sein Allheilmittel gewesen, ja, er konnte gar nicht anders, als alles, was ihn ansprach, sich geistig anzueignen und ins eigene Wort zu verwandeln: »Stillsitzen und nichts tun, das kann ich einfach nicht«, wie er dem Bruder gegenüber bekannte.[13]

Durch Freunde wie Marcus Brutus kam er in nähere Berührung mit Caesar, der ihn als moralische Instanz schätzte und beharrlich um ihn warb.[14] Cicero war nicht blind gegenüber den Vorzügen Caesars; er erkannte in ihm einen Virtuosen der Macht, hoffte aber gerade deswegen bis zuletzt, Caesar werde sich »bessern«, er werde seine Potenz zur Wiederaufrichtung der republikanischen Ordnung gebrauchen. So ist auch Ciceros ablehnende Haltung in seiner nach Caesars Tod verfassten Pflichtenlehre *De officiis* von dem Bedauern geprägt, dass gerade die politisch einflussreichen Männer ihre Talente nicht konstruktiv, sondern egoistisch gebrauchen.[15]

13 Quint. 2,13,1: »quiescere non possumus«; im vorliegenden Band S. 58. – Ähnlich äußert sich Cicero auch in *De divinatione* – Von der Weissagung 2,2,6: »Nec nihil agere poteram« – ›Und da ich auch nicht untätig bleiben konnte‹; im vorliegenden Band S. 151.

14 Caesar erklärte, Ciceros Verdienste seien höher zu bewerten als alle Lorbeeren der Triumphatoren, denn das Gebiet des Geistes erweitert zu haben bedeute mehr als das Erweitern der Grenzen des Reiches (Plinius, *Naturalis historia* 7,117).

15 De off. 1,26, im vorliegenden Band S. 171 f.

Ebendies bewahrheitete sich auch nach Caesars Tod: Vergeblich war Ciceros Kampf um die Wiederherstellung der Republik; er wurde ein Opfer der Militärdiktatur unter den neuen Triumvirn Antonius, Lepidus und Octavian.[16]

Als Octavian vom Bürgerkriegsgeneral zum Friedenskaiser Augustus geworden war, sagte er, als er einen seiner Enkel bei der Lektüre Ciceros fand, nachdenklich: »Er war ein Meister des Wortes, und ein wahrer Freund seines Vaterlandes.«[17]

Dass sich die Schriften des Geächteten erhalten hatten, war das Verdienst Tiros, eines Freigelassenen, der als Sekretär und vertrauter Mitarbeiter zu Ciceros Familie gehörte. Um dem Redefluss seines Meisters folgen zu können, hatte Tiro eine Stenographie erfunden, die *Notae Tironianae.*[18] Tiro nahm, im Einverständnis mit Cicero, auch Abschriften von Briefen und bewahrte sie mit den Manuskripten der Werke in einem Archiv auf, aus dem sie später herausgegeben wurden. Und wir müssen ihm dankbar sein, dass er keine Zensur vornahm, sondern Cicero mit all seinen menschlichen Schwächen, eitel und boshaft, traurig und heiter, mit Geldsorgen und Familienärger, der Nachwelt überlieferte. Und so können auch die heutigen Leserinnen und Leser, nach einem Ausspruch des Redelehrers Quintilian[19] sicher sein, etwas profitiert zu haben, wenn ihnen Cicero Vergnügen macht.

16 Vgl. Cicero, *Philippische Reden gegen M. Antonius. Erste und zweite Rede*, lat./dt., hrsg. von M. Giebel, Stuttgart 1983; M. Giebel, *Cicero*, Reinbek [11]1997, S. 121 ff.

17 Plutarch, *Cicero* 49.

18 Vgl. H. D. Burkert, Tiro – ein Lebensbild. Aspekte des Duumvirats mit Cicero, in: *Die alten Sprachen im Unterricht* 42,4 (1995) S. 13–25. – H. Boge, *Griechische Tachygraphie und Tironische Noten*, Hildesheim / New York 1974.

19 *Institutio oratoria* 10,1,112: »Ille se profecisse sciat, cui Cicero valde placebit.«

I

Als wärest du bei mir, wenn ich dir schreibe

Rom, 20. Januar 60

An Atticus

Nichts fehlt mir im Augenblick so sehr, das sollst du wissen, wie ein Mensch, mit dem ich alles besprechen könnte, was mich bedrückt, der mich liebt, der verständig ist und mit dem ich im Gespräch nichts zurechtbiegen, nichts verheimlichen, nichts verschleiern muss ... Denn unsere aus Ehrgeiz geschlossenen Scheinfreundschaften mögen einigen Glanz in der Öffentlichkeit verleihen, für mich privat bringen sie keinen Gewinn.

So ist zwar mein Haus zur Morgenstunde recht voll von Leuten, und wenn ich zum Forum gehe, bin ich umringt von Scharen von Freunden, aber unter der ganzen großen Menge kann ich keinen einzigen finden, mit dem ich frei heraus Scherze machen oder dem ich meinen Kummer anvertrauen könnte. Deshalb warte ich auf dich, sehne mich nach dir, ja, ich möchte dich schon längst hier haben.

Es gibt so vieles, was mir Sorgen und Kummer macht; hätte ich dich als Zuhörer, so brauchte ich nur ein Gespräch auf einem einzigen Spaziergang, um mir das von der Seele zu schaffen.

Formianum, 27. Dezember 50

An Atticus

»Muss ich denn jeden Tag einen Brief von dir haben?«, fragst du. – Wenn ich jemand zum Befördern habe, jeden Tag! – Aber du kommst doch bald selbst. – Also, wenn ich komme, dann mache ich Schluss damit!

Puteolanum, 22. April 44

An Atticus

Wie lange habe ich schon keinen passenden Stoff, um dir zu schreiben! Ich schreibe dennoch, nicht um dir mit meinem Brief Vergnügen zu bereiten, sondern um dir einen Antwortbrief zu entlocken.

Rom, September / Oktober 46

An Paetus

Ich bin zur neunten Stunde beim Essen und mache mir gerade Notizen zu diesem Brief in meine Schreibtafel. Du fragst: »Wo denn?« – Bei Volumnius Eutrapelus. Und neben mir habe ich deine Freunde, rechts Atticus, links Verrius. Du wunderst dich, dass sich unsere Knechtschaft so heiter anlässt? Ja was soll ich machen? Das frage ich dich – du hast ja einen Philosophen im Haus. Soll ich mir das Herz schwer machen, mich quälen? Was erreiche ich damit? Und zu welchem Zweck und Ende? »Lebe in deinen Büchern«, sagst du. – Ja glaubst du denn, ich täte etwas anderes, oder ich könnte überhaupt leben, wenn ich nicht in den Büchern lebte? Es gibt dabei freilich keinen Überdruss, aber doch ein

Marmorbüste des Marcus Tullius Cicero
Uffizien, Florenz
Fotografie von Gunter Giebel

gewisses Maß. Wenn ich sie verlasse – nun, das Essen spielt bei mir keine große Rolle – was du deinem Philosophen Dion als einziges Thema gestellt hast – aber was ich dann tun soll, bevor ich ins Bett gehe – da fällt mir einfach nichts ein.

Aber höre weiter: Links von Eutrapelus sitzt Cytheris ... »Aha, bei einem solchen Gelage sieht man Cicero, den berühmten ...«, wirst du sagen. Also ich wusste wahrhaftig nicht, dass sie dabei sein würde. Aber schließlich ist auch Aristipp, der Sokratiker, nicht rot geworden, als man ihm vorwarf, er habe die Lais. »Ich habe sie, aber Lais nicht mich!« – Griechisch hört sich's netter an, übersetz es dir, wenn du magst. Mich haben solche Dinge nicht einmal in meinen jungen Jahren bewegt, geschweige dann jetzt im Alter. Am Gastmahl selbst erfreue ich mich; da rede ich, wie es mir gerade einfällt, und lasse meine Seufzer zu lautem Gelächter werden. Und machst du es denn besser – du hast doch sogar mit deinem Philosophen deinen Spott getrieben. Als dieser sagte: »Hat jemand noch eine Frage?«, da gabst du zur Antwort, schon seit dem frühen Morgen fragtest du dich, was es zu essen gäbe! Der arme Tropf erwartete natürlich, du würdest ihn fragen, ob es ein Weltall gäbe oder unzählige. Und das ist dir ganz einerlei. Aber Essen ist keineswegs einerlei, und dir schon gar nicht!

So lebt man also: Jeden Tag wird etwas gelesen oder geschrieben, dann, um uns den Freunden nicht zu entziehen, wird gemeinsam gespeist, nicht nur ohne Verstoß gegen das Gesetz ⟨Caesars gegen Luxus⟩ – falls es heutzutage überhaupt noch so etwas wie ein Gesetz gibt – nein, wir halten uns ans Erlaubte und bleiben sogar noch ein gutes Teil darunter. Deshalb brauchst du keine

Angst vor meinem Besuch zu haben: Du empfängst einen Gast, der nicht viel zu essen braucht, aber viel Spaß haben will.

Tusculanum, 22. Mai 45

An Atticus

Ich habe zwar nichts, was ich dir schreiben könnte, ich schreibe aber dennoch, denn es ist mir dabei so, als unterhalte ich mich mit dir ...

Rom, Januar 45

An C. Cassius

Ich glaube, dir ist's schon ein bisschen peinlich, dass dir nun bereits der dritte Brief ins Haus flattert, und von dir noch kein Blättchen, kein Wort. Aber ich will dich nicht drängen; ich erwarte freilich einen recht langen Brief, ja ich beanspruche ihn. Hätte ich immer jemand als Überbringer zur Hand, dann würde ich dir wohl dreimal die Stunde schreiben! Es ist nämlich gewissermaßen so, *als wärest du bei mir, wenn ich dir schreibe*. Aber nicht, wie deine neuen Freunde ⟨die Epikureer⟩ sagen, als Phantasiebildchen. Sie meinen ja, sogar gedankliche Vorstellungen würden durch die *spectra*, wie Catius das nennt, hervorgerufen. Also damit es dir ja nicht entgeht: Der Insubrer Catius, der Epikureer, der kürzlich gestorben ist, nennt das *spectra*, Schemen, was Epikur und vor ihm Demokrit *eidola*, Bildchen, genannt haben. Aber wenn nun auch die Augen von diesen »Schemen« getroffen werden können, weil diese unmittelbar auf sie treffen, wie kann das mit dem Geist gehen? Das sehe ich nicht ein. Du wirst mich also belehren müssen, wenn du heil heimgekommen bist, ob ich freie Verfügung über dein *spectrum* habe, so dass es vor mich hintritt, sobald es mir beliebt, an dich zu denken. Und geht das nicht nur mit dir so – dich trage ich ja in meinem Innern – nein, wenn ich zum Beispiel meine Gedanken auf die Insel Britannien richte, kommt mir dann ihr *eidolon*, ihr Bildchen, in mein Inneres geflogen?

Aber darüber wollen wir uns später unterhalten; ich wollte nämlich nur einmal die Probe machen, wie du das aufnimmst. Bist du verärgert und verstimmt, dann werde ich noch mehr sagen und fordern, dass du wieder aufgenommen wirst in die Sekte ⟨die Stoa⟩, aus der du »mit Gewalt von bewaffneten Männern« vertrieben worden bist. In diesem Interdikt wird ja gewöhnlich nicht hinzugesetzt: »in diesem Jahre«. Also, wenn es auch schon zwei oder drei Jahre her ist, dass du, geködert von den Lockungen der Lust, die Scheidung von der Tugend eingeleitet hast – wir können den Fall gut noch einmal aufrollen.

Doch zu wem spreche ich da? Doch zu einem Mann voll einzigartiger Energie und Tatkraft, der niemals seiner Würde etwas vergeben hat, seit er ins öffentliche Leben eingetreten ist. In dieser Lehre, so befürchte ich beinahe, muss also doch mehr Saft und Kraft stecken, als ich mir vorstellen konnte – wenn ein Mann wie du ihr Anhänger ist. »Wie kommst du nur auf solche Gedanken?«, wirst du sagen. Weil ich nichts anderes zu schreiben habe; über die Politik kann ich nicht schreiben, denn wie ich darüber denke, dazu mag ich mich nicht äußern.

Rom, Mitte Dezember 46

An C. Cassius

Das wäre ein längerer Brief geworden, wenn man ihn nicht just in dem Moment verlangt hätte, als man schon zu dir abging; länger auch, wenn man etwas Klatsch und Tratsch beigefügt hätte, denn ernsthaft reden können wir kaum ohne Gefahr. »Lachen können wir also?«, meinst du. Es fällt weiß Gott keineswegs leicht, doch haben wir keine andere Ablenkung von unseren verdrießlichen Zuständen. »Wo bleibt die Philosophie?«, fragst du. Bei dir in der Küche, meine macht mir Verdruss, denn sie schämt sich, Sklavin zu sein. Daher tue ich so, als sei ich mit anderem beschäftigt, um nicht von Platon gescholten zu werden.

Über ⟨Caesars Kriegführung in⟩ Spanien bislang nichts Sicheres, überhaupt nichts Neues.

Dass du nicht hier bist, tut mir persönlich leid, für dich freut es mich.

Aber dein Kurier drängt, also leb wohl und behalte mich lieb, wie du es von Kindesbeinen an tust.

Rom, Anfang Januar 45

An C. Cassius

Du hast ja komische Briefboten – ich lasse mich freilich nicht ärgern. Doch jedesmal wenn sie von mir weggehen, verlangen sie einen Brief; wenn sie zu mir kommen, bringen sie aber keinen mit. Und dabei könnten sie doch wenigstens etwas zuvorkommender sein: wenn sie mir nämlich etwas Zeit zum Schreiben ließen! Aber sie kommen gestiefelt und gespornt an und sagen, ihre Reisegefährten warteten bereits am Tor. Also sei nicht böse – du bekommst wieder nur einen kurzen Brief, aber du darfst einen ganz ausführlichen erwarten. – Doch warum entschuldige ich mich eigentlich bei dir: Schließlich kommen deine Leute mit leeren Händen zu mir, zu dir aber kehren sie immer mit Briefen zurück!

Rom, im Jahr 53

An C. Curio

Es gibt viele Gattungen von Briefen, wie du weißt. Am eindeutigsten zu bestimmen ist die Art, wofür das Ganze überhaupt erfunden wurde: nämlich Abwesende zu informieren, wenn es etwas gibt, was man sie in unserem oder in ihrem Interesse wissen lassen möchte. Einen Brief von der Art erwartest du sicher nicht von mir; für deine persönlichen Angelegenheiten hast du ja deine Korrespondenten und Geschäftsträger, und bei mir gibt es da nichts Neues.

Es bleiben noch zwei weitere Gattungen von Briefen, an denen ich großes Vergnügen habe: einmal die vertraulichen und scherzhaften, und dann die ernsten und gewichtigen. Welche Art da nun mehr oder weniger für mich passt, weiß ich nicht. Soll ich brieflich mit dir Späße machen? Der ist, meine ich, bei Gott kein anständiger Bürger, der in solchen Zeiten noch lachen könnte. Oder soll ich mich auf ein ernstes Thema verlegen? Und worüber könnte ein Cicero einem Curio ernsthaft schreiben: doch nur über die Lage des Staates. Hierbei steht es jedoch so mit mir: Was meine Ansicht ist, wage ich nicht zu schreiben, aber was nicht meine Ansicht ist, das mag ich nicht schreiben.

Da mir also kein Stoff für einen Brief übrig bleibt,

schließe ich in meiner gewohnten Weise, indem ich dich ermuntere, nach dem höchsten Ruhm zu streben. Es steht dir nämlich eine starke Gegnerin kampfbereit gegenüber: die geradezu unglaublich hohe Erwartung, die man in dich setzt ...

In diesem Sinne würde ich dir noch mehr schreiben, wenn ich nicht überzeugt wäre, dass du dich aus eigenem Antrieb schon genügend angespornt fühlst. Und was ich da kurz angedeutet habe, sollte dich nicht anfeuern, sondern dir meine Liebe bezeugen.

Cumanum, 25. Oktober 44

An Paetus

Gestern bin ich auf meinem Cumanum angekommen, morgen bin ich vielleicht bei dir. Aber ich benachrichtige dich vorher, wenn ich es sicher weiß. Zwar erzählte mir M. Caeparius, den ich im Hühnerwald ⟨in Campanien, bei Capua⟩ traf und nach deinem Befinden fragte, du lägest im Bett und hättest es an den Füßen. Das bedauere ich natürlich gebührend, bin aber doch entschlossen, zu dir zu kommen, um dich zu sehen, mich nach deinem Befinden zu erkundigen und auch bei dir zu speisen. Denn dein Koch hat ja wohl nicht auch die Gicht. Erwarte also einen Gast, der kein Vielfraß und kein Freund aufwendiger Gastmähler ist!

Gastmahlszene
Wandgemälde aus Pompeji

Rom, Januar / Februar 43

An Paetus

Dass du es aufgegeben hast, zu Gastmählern zu gehen, bedauere ich. Damit bringst du dich doch um eine Menge Unterhaltung und Vergnügen. Außerdem befürchte ich – ich darf doch offen reden –, du könntest deine ganz spezielle Gewohnheit verlernen und vergessen, nämlich kleine Einladungen zu geben ... Als ich ⟨dem Wahrsager⟩ Spurinna den Fall darlegte und ihm dein früheres Leben schilderte, da prophezeite er schwere Gefahren für das Wohl des ganzen Staates, falls du nicht zu deiner früheren Lebensweise zurückgekehrt seiest, wenn der Frühlingswind weht. Derzeit könne man es hinnehmen, wenn du etwa der Kälte wegen nicht gut auf den Beinen bist.

Aber Scherz beiseite, mein lieber Paetus, ich rate dir wirklich, was für mich zu einem glücklichen Leben gehört: mit anständigen, angenehmen und wohlwollenden Menschen zusammenzusein. Nichts gehört mehr zum Leben, nichts trägt mehr zum Glücklichsein bei. Und mir geht es dabei nicht um oberflächliches Vergnügen, sondern um eine Gemeinsamkeit in Leben und Lebensart, um die Entspannung der Gemüter, wie sie sich besonders beim Gespräch im vertrauten Kreis ergibt, einem Gespräch, das gerade beim Gastmahl so angenehm ist. Wir sind da ja weiser als die Griechen. Sie sprechen von Symposien und Syndeipnien, gemeinsamem Trinken und Essen, wir aber von *convivium*, gemeinsamem Leben, weil man dabei vor allem miteinander lebt.

Du siehst, wie ich dich durchs Philosophieren wieder zu Einladungen hinlenken will. Sorge für deine Gesundheit! Das wirst du am leichtesten erreichen, wenn du gelegentlich einmal woanders zum Essen bist.

Aber – bei deiner Liebe zu mir – glaube ja nicht, weil ich so scherzhaft schreibe, ich hätte mich der Sorge um unseren Staat entledigt. Du darfst überzeugt sein, mein lieber Paetus, dass mich Tag und Nacht nichts anderes umtreibt als der Gedanke an Freiheit und Wohlergehen meiner Mitbürger. Keine Gelegenheit lasse ich vorübergehen, ohne zu mahnen, zu handeln, vorzusorgen. Das ist schließlich und endlich meine Überzeugung: Wenn ich für diese Sorge und diesen Dienst mein Leben einsetzen muss, dann will ich glauben, dass es sinnvoll gelebt worden ist.

Wieder und wieder wünsche ich dir: Lass es dir gutgehen!

II
Meine Ruhmbegierde eingestehen

Antium, im Juni 56

An L. Lucceius

Mehrmals habe ich schon einen Anlauf genommen, um mit dir persönlich über dieses Thema zu sprechen, aber ich hatte eine Scheu, sozusagen wie einer vom Land, die mich zurückhielt. Doch jetzt, aus der Ferne, trete ich mit meinem Anliegen schon kühner hervor: Ein Brief errötet ja nicht.

Ich brenne nämlich geradezu darauf – und ich meine, das ist kein Grund zum Tadel –, dass mein Name durch deine Feder Glanz und Ruhm erhält. Du hast mir ja schon öfter deine Bereitwilligkeit zugesichert, nimm es mir daher nicht übel, wenn ich dich nun dränge. Deine Werke haben schon immer mein höchstes Interesse gefunden, jetzt haben sie aber meine Erwartungen noch weit übertroffen und mich so gepackt und entflammt, dass ich ganz begierig bin, möglichst bald meinen Taten in Denkschriften von dir ein ehrendes Andenken zu sichern.

Es ist ja nicht nur der Gedanke an die Nachwelt, mit einer Art Hoffnung auf Unsterblichkeit, was mich so stark anzieht, es ist auch der lebhafte Wunsch, mich schon zu Lebzeiten an der Bestätigung durch dein Zeugnis, am Beweis deiner Zuneigung und der Eleganz deines Talents zu erfreuen ...

Ich verkenne dabei keineswegs, wie unbescheiden ich bin, wenn ich dir eine solche Last aufbürde – du könntest allein schon wegen deiner Beanspruchung ablehnen –

und wenn ich überdies noch fordere, du solltest mich ⟨außerhalb deiner *Römischen Geschichte* in einer Monographie⟩ besonders herausstellen. Wie aber, wenn dir meine Taten gar nicht so verherrlichenswert erscheinen? Was soll's – wenn man einmal die Grenzen der Bescheidenheit hinter sich gelassen hat, dann muss man auch richtig dreist sein. Daher bitte ich ganz ausdrücklich – und tue es immer wieder: Stelle mein Wirken in kräftigen Farben dar, mehr noch als es vielleicht deinem Empfinden entspricht ...

Wenn ich dich dazu bringen kann, diese Aufgabe zu übernehmen, dann wirst du, davon bin ich überzeugt, einen Stoff haben, der deines Talents und deiner Fähigkeiten würdig ist. Die Ereignisse vom Beginn der Verschwörung ⟨des Catilina⟩ bis zu meiner Rückkehr ⟨aus der Verbannung⟩ können wohl eine Schrift von mäßigem Umfang ergeben ... Meine Schicksale werden dir beim Schreiben allerhand Abwechslung und angenehme Spannung bieten, was die Gemüter der Leser in Bann zu ziehen vermag, wenn einer wie du es darstellt. Nichts vermag ja die Leser mehr zu ergötzen als das Auf und Ab der Zeitgeschehnisse und persönlicher Schicksale. Für mich war das freilich, da ich es am eigenen Leibe erfahren musste, keine reine Freude, beim Lesen wirkt es aber durchaus angenehm. Die den Sorgen entrückte Erinnerung an vergangenes Leid hat ja ihren eigenen Reiz. Die anderen aber, die selbst keine leidvollen Erlebnisse hatten, können ⟨beim Lesen⟩ fremde Schicksale ohne Kummer nacherleben und empfinden geradezu ein lustvolles Mitleid dabei ...

Du wunderst dich vielleicht über meine so nachdrückliche und wortreiche Aufforderung: Du hast mir ja schon oft in Aussicht gestellt, dass du mein Wirken und die Ereignisse während der Zeit meiner politischen Tätigkeit ⟨als Konsul⟩ grundlegend und ausführlich darstellen willst. Der brennende, sehnliche Wunsch, von dem ich zu Anfang sprach, treibt mich zur Eile: Ich möchte gern, dass mich die Mitwelt noch zu meinen Lebzeiten aus deinen Schriften kennenlernt und dass ich selbst noch lebend mein Quäntchen Ruhm genießen kann. Bitte schreibe mir doch, wenn es dir nicht zuviel Mühe macht, was du in dieser Sache unternehmen willst.

Im Jahr 62

Rede für den Dichter Archias

Wir brauchen nicht zu verheimlichen, was sich ohnehin nicht verbergen lässt, sondern dürfen uns ruhig dazu bekennen: Uns alle treibt die Begierde nach Ruhm, und gerade für die Besten ist der Ruhm der Leitgedanke. Sogar die Philosophen setzen ihren Namen auf die Bücher, die sie über die Verachtung des Ruhmes schreiben: Gerade dort, wo sie Lobpreis und Berühmtheit mit Verachtung abtun, wollen sie sich gerühmt und genannt wissen.

Auch ein Decimus Brutus ⟨Callaecus⟩, ein hervorragender Mann und Feldherr, hat die Eingänge zu den Tempeln und den anderen von ihm errichteten Bauwerken mit den Versen seines vertrauten Freundes Accius schmücken lassen. Und vollends der Mann, der in Begleitung des Dichters Ennius gegen die Ätoler kämpfte, Fulvius ⟨Nobilior⟩, trug keine Bedenken, die Beute des Mars den Musen zu weihen. In dieser Stadt haben Feldherrn fast noch in Waffen dem Namen der Dichter und den Heiligtümern der Musen ihre Verehrung bezeugt. Da dürfen sich doch gerade hier nicht Richter in Friedenszeiten der Ehrung der Musen und der Rettung eines Dichters versagen!

Und damit ihr dies ⟨das Bürgerrecht des Archias anzuerkennen⟩ umso lieber tut, ihr Richter, will ich mich jetzt hier selbst vor euch zur Anzeige bringen und euch *meine Ruhmbegierde eingestehen.* Sie ist vielleicht allzu leidenschaftlich, aber doch noch im Bereich des Ehrenhaften. Denn die Taten, die ich während meines Konsulats mit euch zusammen für das Heil dieser Stadt und des Reiches wie für das Leben der Bürger und für den ganzen Staat vollbracht habe, diese Taten hat der Mann hier begonnen, in einem Epos darzustellen. Als ich davon hörte, habe ich ihn eindringlich zur Vollendung des Werkes aufgefordert, denn dies schien mir etwas Wichtiges und Erfreuliches zu sein. Keinen anderen Ruhm erstrebt ja die wahre Tüchtigkeit für verdienstvolle Taten als eben Preis und Ruhm. Wird uns dieser entzogen, ihr Richter, wofür sollen wir uns dann in den engen Grenzen unserer kurz bemessenen Lebensbahn mit solchen Strapazen abplagen?

Ja, wenn wir uns mit unserem Geist nicht in die Zukunft versetzen könnten, wenn wir mit all unserem Denken in die engen Grenzen unserer Lebenszeit eingeschlossen blieben, dann würden wir uns nicht in solcher Mühsal verzehren, uns in schlaflosen Nächten mit Sorgen plagen und so oft unser Leben in die Schanze schlagen. So aber wohnt gerade in den Besten die Begierde nach großen Leistungen, die uns Tag und Nacht im Gedanken an den Nachruhm keine Ruhe lässt mit der Forderung, wir dürften das Gedächtnis unseres Namens nicht mit unserem Leben aufhören lassen, sondern müssten es gleichermaßen auf alle kommenden Geschlechter übertragen.

Oder sollten wir alle, die wir mitten im politischen Leben stehen mit all seinen Mühen und Gefahren, uns so kleinmütig zeigen zu glauben, für uns sei mit dem Tode alles aus, nachdem wir bis zu unserem letzten Atemzug keinen ruhigen und friedlichen Augenblick gehabt haben? Statuen und Bilder, Darstellungen nicht des Geistes, sondern des Körpers, haben viele bedeutende Männer unbedingt der Nachwelt überliefern wollen – und da sollten wir uns nicht noch viel lieber wünschen, ein Abbild unseres Geistes und unserer Wirksamkeit zu hinterlassen, das von den größten Talenten geschaffen und ausgestaltet wurde?

Ich habe jedenfalls bei all meinen Taten schon bei ihrer Ausführung das Bewusstsein gehabt, dabei die Saat meines Ruhmes für ewige Zeiten auf der ganzen Welt auszustreuen. Mag dieser Ruhm nach meinem Tode meiner Wahrnehmung entzogen sein oder mag er, wie die Philosophen glauben, irgendwie Teil meines Bewusstseins werden, ich gebe mich jedenfalls schon jetzt freudigen, hoffnungsvollen Gedanken daran hin.

Rom, 15. März 60

An Atticus

Meine griechisch abgefasste Denkschrift über mein Konsulat habe ich dir geschickt. Wenn etwas darin zu finden ist, das einem ›Atticus‹ wie dir zu wenig griechisch oder stilvoll erscheint, dann will ich nicht das gleiche sagen, was Lucullus einst zu dir in, ich glaube, Panhormus ⟨Palermo⟩ über sein Geschichtswerk gesagt hat: Damit man den römischen Verfasser gleich erkenne, habe er ein paar »unklassische« Ausdrücke eingestreut.

Falls es bei mir etwas dergleichen gibt, so habe ich das weder bewusst noch mit Absicht getan. Die lateinische

Fassung schicke ich dir gleich, wenn ich sie fertig habe. Als drittes hast du noch ein Epos zu erwarten; so lasse ich keine Literaturgattung zu meinem Lobpreis aus. Nun sag aber bloß nicht: »Wer wird denn den Vater loben ...« Wenn es unter den Menschen etwas gibt, das eher zu loben ist, dann verdiene ich Tadel, dass ich nicht eher dieses andere lobe. Aber ich schreibe ja keine Lobreden, sondern Geschichte.

Rom, im Mai 60

An Atticus

Von meinen Schriften habe ich dir die griechische Denkschrift über mein Konsulat bereits zugesandt. L. Cossinius überbringt sie dir. Ich glaube, du hast schon an meinen lateinischen Werken deine Freude; bei diesem griechischen aber könnte wohl sogar ein Grieche vor Neid erblassen. Wenn andere etwas zu diesem Thema schreiben, schicke ich es dir, aber glaub mir, wenn sie das von mir lesen, werden sie sich's wohl erst einmal überlegen.

Formiae, Anfang Mai 59

An Atticus

Ja, dieser Anflug von Eitelkeit in mir, und mein Liebäugeln mit dem Ruhm – es ist doch hübsch, seine eigenen Fehler zu kennen! –, das führt dazu, dass ich jetzt ein gewisses Vergnügen an der Sache habe. Denn es hat mich schon immer gewurmt, dass die Verdienste des Pompeius um das Vaterland im Lauf der Zeiten größer erscheinen sollten als die meinen. Die Sorge bin ich auf jeden Fall jetzt los, so tief wie er gefallen ist.

III

Was für Zeiten, was für Sitten!

Im Jahr 63

Erste Rede gegen Catilina

Wie lange denn, Catilina, willst du noch unsere Geduld missbrauchen? Wie lange soll dein Wahnsinnstreiben uns verhöhnen? Wo ist die Grenze für deine außer Rand und Band geratene Frechheit? Hat nichts Eindruck auf dich gemacht: nicht die nächtlichen Wachen auf dem Palatin, die Polizeistreifen in der Stadt, die furchtsame Unruhe in der Bevölkerung, der Zusammenschluss aller staatstreu Gesinnten, die starke Sicherung des Versammlungsortes für den Senat hier? Nicht Blick und Miene der Anwesenden? Merkst du nicht, dass deine Pläne allgemein bekannt sind? Siehst du nicht, dass durch die Mitwisserschaft all dieser Männer deine Verschwörung bereits in Fesseln geschlagen ist? Was du in der letzten Nacht und in der Nacht davor getrieben hast, wo du gewesen bist, wen du um dich gesammelt, welchen Plan du gefasst hast – wer von uns, meinst du, wüsste das nicht?

Was für Zeiten, was für Sitten! Der Senat weiß davon, der Konsul sieht es, und doch lebt dieser Mensch! Er lebt? Nein, er kommt sogar in den Senat, nimmt teil an der offiziellen Beratung und bestimmt und bezeichnet mit seinem Blick jeden einzelnen von uns zur Abschlachtung. Wir aber, wir wackeren Männer, glauben dem Wohl des Staates Genüge zu tun, wenn wir der Raserei und den Waffen dieses Kerls ausweichen. Schon längst hätte man dich, Catilina, auf Befehl des Konsuls zum Tode führen sollen, auf dein Haupt hätte das Unheil kommen müssen, das du schon lange gegen uns aussinnst!

Im Jahr 54

Rede für Plancius

In Rom passiert ja so viel, dass man kaum zu hören bekommt, was sich in den Provinzen abspielt. Ich befürchte nicht, ihr Richter, dass ihr mich für etwas selbstgefällig haltet, wenn ich von meiner Quästur erzähle ... Ich habe dort ⟨in Sizilien⟩ alle meine Pflichten mit äußerster Gewissenhaftigkeit erfüllt, und die Sizilier hatten mich dafür mit noch nie dagewesenen Ehrungen ausgezeichnet, sodass ich mit der Hoffnung schied, das römische Volk würde mir Ruhmeskränze winden.

Doch als ich aus der Provinz abgereist war und auf meinem Heimweg nach Puteoli kam, wo sich ja immer eine Menge Leute aus der vornehmen Gesellschaft aufhält, da hätte mich fast der Schlag getroffen, ihr Richter! Da fragte mich doch einer, seit wann ich von Rom weg sei und was es dort Neues gäbe. Ich gab zur Antwort, ich käme gerade aus der Provinz. »Ach ja, natürlich«, sagte er, »aus Afrika, glaub ich.« Mir stieg die Galle, und ich sagte unwillig: »Nein, aus Sizilien.« Darauf ein anderer im Tone des Besserwissers: »Was, du weißt nicht, dass Cicero Quästor in Syrakus ⟨dem Amtssitz des anderen sizilischen Quästors⟩ war?« – Was soll's? Ich gab es auf, mich zu ärgern und tat, als sei ich einer der Kurgäste.

Aber diese Erfahrung wurde für mich nützlicher, ihr Richter, als wenn mir damals alle gratuliert hätten. Denn nachdem ich eingesehen hatte, dass das römische Volk taube Ohren, aber gute und scharfe Augen hat, legte ich keinen Wert mehr darauf, was die Leute von mir hören würden. Ich sorgte dafür, dass sie mich von nun an tagtäglich vor Augen hatten, ich lebte ständig in ihrem Gesichtskreis und nistete mich auf dem Forum ein, und weder mein Pförtner noch mein Schlaf durften jemand daran hindern, zu mir zu kommen.

Im Jahr 70

Erste Rede gegen Verres

Als man Hortensius, zum künftigen Konsul gewählt, im Gedränge einer riesigen Menschenmenge vom Marsfeld nach Hause geleitete, da begegnete dieser Menge zufällig Gaius Curio ... Er sieht gerade am Fabiusbogen den Verres im Gedränge, ruft ihm zu und gratuliert ihm mit lauter Stimme. Den Hortensius, der doch zum Konsul gewählt worden war, und seine Verwandten und Freunde, die dabei waren, würdigt er keines Wortes. Bei Verres bleibt er stehen, den umarmt er, den heißt er ohne Sorge zu sein. »Ich verkünde dir«, sagt er, »du bist durch den Ausgang der heutigen Wahlen freigesprochen.« Dies wurde mir, da es so viele ehrenwerte Leute gehört hatten, sogleich hinterbracht, ja jeder, der mich sah, erzählte es mir. Den einen erschien das empörend, den anderen lachhaft: lachhaft denen, die glaubten, der Ausgang des Prozesses gegen Verres hinge von der Glaubwürdigkeit der Zeugen, von der Art der Verbrechen, von der Befugnis der Richter ab und nicht von den Konsularwahlen. Empörend schien es denjenigen, die tiefer blickten und sehr wohl sahen, dass dieser Glückwunsch auf eine Bestechung des Gerichtes gemünzt war. Zu einer solchen Ansicht kamen nämlich ehrenwerte Männer im Gespräch unter sich und mir gegenüber: Ganz offenbar und augenscheinlich gibt es keine Gerichte mehr. Der Angeklagte, der sich am Tag davor selbst schon für verurteilt hielt, der gilt als freigesprochen, nachdem sein Verteidiger zum Konsul gewählt worden ist!

Ich kann durch zahlreiche Zeugen beweisen, dass Verres in Sizilien vor vielen Zuhörern des öfteren gesagt hat, er habe einen einflussreichen Mann an der Hand, im Vertrauen auf den plündere er die Provinz aus. Nicht für sich allein treibe er Geld auf, sondern er habe die drei Jahre seiner Prätur in Sizilien so eingeteilt, dass er behaupten könne, es gehe ihm prächtig, wenn er die Beute eines Jahres zu seinem eigenen Gewinn verwenden, die des zweiten Jahres seinen Anwälten und Verteidigern überlassen und den Gewinn des dritten, des ergiebigsten und einträglichsten, ganz für seine Richter und Geschworenen aufheben könne ... Ich glaube, die auswärtigen Völker werden noch Gesandte an das römische Volk schicken und bitten, dass das Gesetz und die gerichtliche Verfolgung wegen unrechtmäßiger Bereicherung im Amt aufgehoben werden. Wenn es nämlich keine Verfahren mehr gibt, dann wird, meinen sie, jeder nur noch so viel an sich raffen, wie er für sich und seine Kinder braucht. Nun aber, da es solche Gerichtsverfahren gibt, da nimmt jeder so viel, dass es für ihn selber, für Anwälte, Verteidiger, den Prätor und die Richter und Geschworenen genug ist, und das ist ein Fass ohne Boden. Die Habsucht eines Raffgierigen könnten sie noch verkraften, nicht aber den Sieg eines schlimmen Übeltäters vor Gericht.

Im Jahr 70

Zweite Rede gegen Verres

Ihr kennt nun die Maßnahmen dieses Menschen ⟨Verres⟩, ihr Richter, seine Gewissenhaftigkeit, Wachsamkeit, seine Absicherung und Verteidigung der Provinz ... An dieser Stelle darf ich wohl die außerordentliche und einzigartige Gründlichkeit unseres großartigen Feldherrn nicht übergehen. Denn das sollt ihr wissen: Unter den Städten Siziliens, in denen die Prätoren in der Regel Aufenthalt nehmen und Gerichtstage abhalten, gab es keine, aus der er sich nicht eine Frau aus vornehmer Familie zur Befriedigung seiner Begierde auserwählt hätte. Und so wurden einige von diesen in aller Öffentlichkeit zum Gelage herbeigeholt; wenn welche einen Schein ihrer Keuschheit retten wollten, kamen sie zu einer bestimmten Zeit und mieden das Licht und die Gesellschaft.

Die Gastmähler fanden aber nicht in der Stille statt, wie es für Prätoren und Feldherrn des römischen Volkes schicklich ist, und auch nicht mit dem Anstand, wie er bei Banketten von Magistratspersonen üblich ist, sondern vielmehr mit Tumult und Streitigkeiten; gar nicht selten kam es sogar zu Kampf und Handgemenge. Unser strenger und gewissenhafter Prätor, der den Gesetzen des römischen Volkes niemals Gehorsam erwies, nahm genaue Rücksicht auf die Gesetze, die beim Pokulieren galten.

Daher endete es gewöhnlich so, dass man den einen vom Gelage wie aus einer Schlacht aufpackte und wegtrug, einen anderen ließ man wie tot zurück, die meisten lagen regungs- und besinnungslos am Boden. Bei diesem Anblick hätte man meinen können, man sähe nicht das Gastmahl eines Prätors, sondern die Schlacht von Cannae als Schurkenstück.

Rom, Anfang Juli 61

An Atticus

Aber wenn du nach dem Verlauf des Prozesses ⟨gegen Clodius⟩ fragst: einfach nicht zu glauben, wie es ausgegangen ist! ... Da kommt einer daher, der durch einen Sklaven, einen aus der Gladiatorenkaserne, die ganze Sache in zwei Tagen erledigt. Er holt die Geschworenen heran, verspricht ihnen Geld, verbürgt sich dafür, zahlt es aus. Ja, da gab es für einige der Geschworenen zur Bestechungssumme noch eine krönende Zugabe, nämlich Nächte mit gewissen Damen sowie die Zuführung hochwohlgeborener Bürschlein – ihr guten Götter, was für heillose Zustände! ...

Ich habe den Senat zu seiner früheren strengen Würde zurückgerufen und ihn aus seiner Verzagtheit wieder aufgerichtet. Den Clodius aber habe ich mir an Ort und Stelle vorgenommen und ihn vor dem Senat durch eine Dauerrede voller wuchtiger Hiebe in Grund und Boden gestampft. Dazu kam noch ein Wortgefecht von gleichem Kaliber, davon sollst du eine Kostprobe haben. Alles andere hat ja doch nicht die Wirkung und den Reiz, wenn jener rednerische Schlagabtausch fehlt, den ihr ⟨Griechen⟩ Agon nennt ...

Ich sagte also: »Du irrst dich, Clodius! Die Richter haben dich nicht für ein Weiterleben in Rom aufgespart, sondern für den Kerker. Sie wollten dich nicht in der Bürgerschaft behalten, sondern vorbeugen, dass du mit Verbannung davonkommst ...«

Da steht unser hübscher Knabe auf und wirft mir vor, ich sei ⟨nicht in Rom, sondern⟩ in Baiae gewesen. Falsch, aber was soll's? – »Das ist beinahe so«, sage ich, »als behauptetest du, ich sei an einem geheimen Ort gewe-

Forum Romanum mit der Kurie,
wo üblicherweise der Senat tagte

Fotografie von Gunter Giebel

sen.« – »Was will ein Mensch aus Arpinum mit warmen Bädern?« – »Erzähl das deinem Gönner, der war doch ganz scharf auf die Bäder von jemand aus Arpinum!« (Du weißt schon, die des Marius.) – »Wie lange noch«, sagt er, »sollen wir diesen König ertragen?« – »Du nennst mich König«, sage ich, »wohl weil ein Rex dich nicht in seinem Testament bedacht hat!« (Er hatte ja, so glaubte er, das Erbe des Q. Marcius Rex schon in der Tasche.) – Er: »Du hast ein Haus gekauft.« – Ich: »Du willst wohl sagen, dass du dir Geschworene gekauft hast!« – Er: »Die haben deinem Zeugeneid nicht geglaubt.« – Ich: »Mir haben 25 Geschworene geglaubt, dir 31 nicht; sie haben sich nämlich ihr Geld vorher auszahlen lassen.« – Der gewaltige Lärm, der sich nun erhob, nahm ihm den Mut: Er gab das Reden und die Sache auf.

Im Jahr 56

Rede für Caelius

Es dreht sich in diesem Prozess alles um Clodia, ihr Richter, um eine nicht nur bekannte, sondern auch berüchtigte Frau. Ich will mich über sie nur insoweit äußern, als es für die Widerlegung der Anklage nötig ist ...

Ich würde das mit noch mehr Nachdruck tun, wenn mir da nicht meine persönlichen Querelen mit dem Mann dieser Dame dazwischenkämen – mit dem Bruder ⟨Clodius⟩, wollte ich sagen, hier verspreche ich mich doch jedesmal! Nun will ich mich also mäßigen und nicht weiter vorgehen, als mich die Anwaltspflicht und die Sache selbst zwingen. Ich habe es nämlich niemals für angebracht gehalten, mit Frauen Feindschaften auszutragen, schon gar nicht mit einer, die, wie alle sagen, eher jedermanns Freundin als irgendjemandes Feindin ist ...

Über die besagte Dame will ich hier nichts weiter äußern. Aber stellen wir uns eine andere vor, ganz verschieden von dieser hier: eine, die sich mit jedermann einlässt, die sich ganz offen jeweils einen Liebhaber auswählt, in deren Gärten, in deren Haus, in deren Villa in Baiae jeder Lebemann freien Zutritt hat. Und die junge Männer durchfüttert und sie für die Knauserigkeit ihrer Väter durch ihren eigenen verschwenderischen Aufwand entschädigt. Wenn diese Dame als Witwe freizügig, als lockeres Frauenzimmer frivol, als reiche Frau verschwenderisch und als zügellose Person nach Art einer Dirne lebte – sollte ich da jemand ⟨Caelius⟩ für einen Ehebrecher halten, der sie ein wenig zu intim gegrüßt hat?

Da sagt nun sicher einer: »Das ist also deine Zucht und Ordnung? So erziehst du die Jugend? Dafür hat dir der Vater diesen Jungen anvertraut und in die Lehre gegeben, dass er seine Jugendzeit in Liebschaften und Vergnügungen hinbringt und du ein solches Leben gar noch zu rechtfertigen suchst?«

Ich meine dazu folgendes, ihr Richter. Wenn es jemand gegeben hat mit einer solchen Willensstärke und Anlage zu sittlicher Kraft und Selbstbeherrschung, dass er alle Vergnügungen verschmähte und sein gesamtes Leben nur auf körperliche Anstrengung und geistiges Streben ausrichtete, wenn dieser keine Freude hatte an Freizeit, Erholung, Zeitvertreib mit Gleichaltrigen, an Spiel und gemeinsamem Mahl, sondern nur Dinge im Leben für erstrebenswert hielt, die mit Ruhm und Ehre verbunden sind, so muss der meiner Ansicht nach mit geradezu göttlichen Gaben bedacht und ausgezeichnet worden sein.

Von dieser Art waren, wie ich meine, Männer wie Camillus, Fabricius, Curius und alle, die unser Staatswesen aus kleinen Anfängen zur Größe erhoben haben. Doch solche Tugendhelden findet man schwerlich in unserer Zeit, ja kaum noch in Büchern. Selbst die Schriften, die uns die Erinnerung an diese altehrwürdige Sittenstrenge bewahren, sind aus der Mode gekommen. Und das gilt nicht nur für uns, die wir ja jene Lebensregeln mehr in Taten als in Worten befolgt haben, sondern auch für die Griechen, diese Muster an Gelehrsamkeit: Wenn sie dergleichen auch nicht in die Tat umsetzen konnten, so waren sie doch immerhin in der Lage, mit Anstand und Pathos darüber zu reden und zu schreiben. Aber auch bei den Griechen haben sich wie die Zeiten so auch die Sitten geändert . . .

Verlassen wir also diesen verödeten, verwilderten, schon durch Zweige und Gebüsch versperrten Weg. Wir wollen der Jugend einen Freiraum gönnen, sollen die jungen Leute sich ruhig etwas ungezwungen geben. Zum Vergnügen braucht man nicht grundsätzlich nein zu sagen, es muss nicht stets und ständig nach der Richtschnur des Wahren und Guten gehen. Gelegentlich dürfen Lust und Vergnügen auch einmal den Sieg über das Vernünftige davontragen.

Im Jahr 56

Rede für Sestius

Clodius wurde Volkstribun, und es glückte ihm, den Staat in seinen Grundfesten zu erschüttern. Freilich nicht aus eigener Kraft, denn wie könnte ein Mensch bei einem solchen Leben noch Kraft haben, der sich in schändlichen Beziehungen zu seinen Brüdern, in Unzucht mit seinen Schwestern, in allen Arten unvorstellbarer Ausschweifung erschöpft hat?

Aber wahrhaftig, es war das Verhängnis des Staates, dass dieser blindwütige Volkstribun Konsuln hatte – was sage ich, Konsuln? Soll ich die Zerstörer dieses Staates, die Verräter eurer Ehre, die Feinde aller Guten mit diesem Namen nennen? Sie, die dachten, sie seien nur deshalb mit den Rutenbündeln und den übrigen Zeichen höchster Würde und Machtbefugnis ausgestattet, um den Senat zu stürzen, den Ritterstand zu vernichten und alles Recht und Herkommen mit Füßen zu treten? Bei den unsterblichen Göttern, wenn ihr euch noch nicht gleich an die Verbrechen dieser Leute erinnert und an die Wunden, die sie dem Staat geschlagen haben, so ruft euch ihren Anblick und ihr Auftreten ins Gedächtnis. Dann werden euch ihre Taten leichter wieder einfallen, wenn ihr ihre Gesichter in Gedanken vor euch seht.

Der eine trieft von duftenden Salben, sein Haar ist mit der Brennschere gekräuselt, verächtlich blickt er herab auf die Komplizen seiner Hurereien und die graubärtigen Liebhaber seiner Jugendblüte. Er bläst sich auf wegen seiner Börsengeschäfte und seiner Beziehungen zur Zunft der Wucherer. Die haben ihn einst so bedrängt, dass er, um nicht wie an den Klippen von Skylla und Charybdis im Meer seiner Schulden an der Bankrottsäule zu scheitern, sich in den Hafen des Tribunenamtes ⟨mit seiner Immunität⟩ geflüchtet hat.

Er verachtete die römischen Ritter, stieß Drohungen aus gegen den Senat, verkaufte sich an dunkle Geschäftemacher und rühmte sich, sie hätten ihn vor einer Anklage wegen Wählerbestechung gerettet. Sie würden ihm, so hoffte er, auch gegen den Willen des Senats zu einer Provinz verhelfen. Wenn er keine bekäme, wäre es nämlich aus mit ihm.

Der andere – guter Gott, wie finster schreitet er einher, wie griesgrämig, ein furchterregender Anblick! Man glaubt, einen von jenen bärtigen alten Römern zu sehen, ein Musterexemplar aus dem Reich der Ahnen, ein Bild aus grauer Vorzeit, eine Säule des Staates. Er geht streng gekleidet in gewöhnlichem, fast schmutzigem Purpur, das Haar starrt so ungepflegt, dass sich bei seinem Anblick die Seplasiastraße ⟨mit ihren Friseurläden⟩ geschlagen gäbe, in Capua, wo er damals Gemeinderat war, um sein Ansehen durch dieses Amt etwas aufzupolieren. Was soll ich über seine Augenbrauen sagen? Für die Leute waren das keine Brauen, das war das Unterpfand des Staates! Welch strenge Miene, was für ein Stirnrunzeln, als würde vom Wink seiner Brauen ⟨wie beim homerischen Zeus⟩ »der hohe Olympos erbeben« …

Der erstere von beiden hat niemanden enttäuscht. Wer hätte denn auch glauben können, ein derartiger Mensch könne das Steuerruder eines so großen Reiches führen und mitten im Sturm auf hoher See das Staatsschiff steuern, ein Mensch, der plötzlich aus dem ewigen Dunkel seiner Kneipen und Bordelle aufgetaucht ist, ausgelaugt von Wein, Schlemmerei, Kuppelei und Ehebruch? Ganz unverhofft war er ja durch fremde Hilfe auf die höchste Stufe emporgehoben worden und konnte in seinem Rausch nicht einmal den ungewohnten Anblick des Tageslichts vertragen, geschweige denn das drohende Unwetter im Auge behalten.

Der andere war für viele eine Enttäuschung auf der ganzen Linie. Er hatte sich den Leuten durch seinen

Adel, diesen einschmeichelnden Fürsprecher, empfohlen. Wir staatstreu Gesinnten sind alle ja immer Freunde des Adels. Einmal ist es für den Staat von Nutzen, dass es Männer des Adels gibt, würdig ihrer Vorfahren, und außerdem gilt bei uns das Andenken berühmter Männer, die sich um den Staat verdient gemacht haben, auch nach ihrem Tode noch viel. Weil man nun den Mann immer finster, schweigsam, abstoßend und ungepflegt sah und weil in seinem Namen ‹Frugi› das strenge Maßhalten als Familienerbteil erschien, begünstigte man ihn, freute sich und hoffte, er werde mit der Uneigennützigkeit seiner Vorfahren wetteifern ...

Ich hätte es nun, ich sage die Wahrheit, ihr Richter, niemals für möglich gehalten, dass soviel Schurkerei, Frechheit und Grausamkeit in dem Menschen stecken konnten, wie ich es dann zusammen mit dem Staat erleben musste ...

O ihr unsterblichen Götter! Was für einen Ausweg zeigt ihr uns aus alledem? Welche Hoffnung gebt ihr uns noch für den Staat? Wird sich überhaupt noch ein Mann finden von solcher Entschlossenheit, der sich für das Staatswohl einsetzt, sich den staatstreu Gesinnten zur Verfügung stellt, echte, lautere Ehre sucht, wenn er das sieht: Von den beiden Totengräbern des Staates, Gabinius und Piso, schleppt der eine aus den Schatzkammern des so friedlichen, so reichen Syrien Tag für Tag riesige Mengen Gold heran, führt Krieg mit friedfertigen Völkern, um deren alten, bis jetzt unangetasteten Reichtum seiner unersättlichen Gier in den Rachen zu werfen. Eine Villa von solchen Ausmaßen baut er hier vor aller Augen, dass dagegen das Haus ein Schuppen ist, das er als Volkstribun einst in seinen Reden ausmalte, um dadurch selbst als untadelig und uneigennützig dazustehen und einen anderen tapferen, trefflichen Bürger ⟨Lucius Lucullus⟩ dem Neid auszusetzen.

Der andere, Piso, hat zuerst von den Thrakern und Dardanern den Frieden um schweres Geld erkauft, dann, damit sie zu dem Geld kämen, hat er ihnen Makedonien zum Heimsuchen und Plündern freigegeben. Derselbe Mann hat sich die Güter von Gläubigern, römischen Bürgern, mit ihren griechischen Schuldnern geteilt, hat große Geldsummen von den Bewohnern von Dyrrhachium erpresst, die Thessalier ausgeplündert, den Achäern eine bestimmte Summe jährlich auferlegt, und trotz alledem hat er nirgendwo an einem öffentlichen Platz oder einem heiligen Ort eine Statue, ein Gemälde oder sonst eine Kostbarkeit übrig gelassen.

November 44

Zweite Philippische Rede gegen Marcus Antonius

Was soll ich all seine Erlasse aufzählen, seine Räubereien, die Besitzungen aus Erbschaften, die ihm ⟨M. Antonius⟩ zuteil wurden oder die er gewaltsam an sich brachte? Sein Geldmangel zwang ihn dazu, er wusste nicht mehr aus noch ein ... Nach Art eines Räubers musste er leben: Er hatte immer gerade so viel, wie er an sich raffen konnte.

Doch lassen wir diese Zeugnisse handfester Gaunerei, reden wir vielmehr von seiner allerschändlichsten Liederlichkeit. Du mit deinem Riesenschlund, deinem Leibesumfang und deiner ganzen robusten Gladiatorenfigur hattest auf der Hochzeit des Hippias so viel Wein ausgesoffen, dass du am Tag darauf vor den Augen des römischen Volkes kotzen musstest! Ekelhaft, wenn man

Bronzekopf des Marcus Antonius
Louvre, Paris

das mit ansieht, ja, sogar wenn man nur davon hört! Wäre dir das bei deinen Gelagen mit deiner üblichen maßlosen Sauferei passiert, hätte man es schon schlimm gefunden. Aber vor dem versammelten römischen Volk, bei der Ausübung seiner Amtspflichten, als Befehlshaber, übergibt sich dieser Mensch und spuckt seinen Schoß und das ganze Tribunal voll mit weinstinkenden Essensbrocken. – Aber er gibt selbst zu, das gehöre zu seinen Unflätigkeiten; kommen wir also zu feineren Dingen ...

Als er sich nun kopfüber in die reiche Hinterlassenschaft dieses Mannes ⟨Pompeius⟩ gestürzt hatte, da war er außer sich vor Freude, ganz im Stil einer Komödienfigur: gerade noch arm, dann unverhofft reich. Aber wie es beim Dichter heißt: »Wie gewonnen, so zerronnen.« Unglaublich ist's, geradezu abenteuerlich, wie er diese Fülle von Schätzen in wenigen – nein, nicht Monaten, sondern Tagen verschleudert hat. Da gab es überaus reiche Vorräte an Wein, eine bedeutende Menge an feinstem Silber, kostbare Decken, reichen und luxuriösen Hausrat, allenthalben aufs Prächtigste, wie man ihn bei Leuten findet, die zwar nicht damit protzen, aber doch übergenug davon haben. Von all diesen Dingen war innerhalb weniger Tage nichts mehr vorhanden.

Welche Charybdis ist so gefräßig? Eine Charybdis, sage ich? Wenn's diese wirklich gegeben hat, dann war sie doch nur ein einzelnes Wesen: Der Ozean hätte weiß Gott all diese weit verstreuten, an so vielen verschiedenen Orten gelagerten Schätze kaum so rasch verschlingen können. Nichts war verschlossen, nichts versiegelt, nichts auf Inventarlisten verzeichnet. Ganze Weinlager wurden an nichtsnutziges Gesindel verschenkt; hier räuberten Komödianten, dort Komödiantinnen. Das Haus war voll von Glücksspielern, übervoll mit Betrunkenen. Ganze Tage gingen hin mit Zechgelagen, und das allerorten. Dazu kamen dann auch öfters Verluste beim Spiel, denn nicht immer war er der Glückliche. Mit den Purpurdecken des Gnaeus Pompeius konnte man die Betten in den Sklavenkammern bedeckt sehen. Daher sollt ihr euch nicht länger darüber wundern, wohin denn das alles so rasch verschwunden ist. Nicht nur das Hab und Gut eines Einzelnen, mag es auch so reich wie dieses hier gewesen sein, nein, ganze Städte und Königreiche wären bei solch liederlichem Treiben im Nu durchgebracht. Und geradeso ging es mit Häusern und Gärten.

Rom, 23. November 57

An Atticus

Am 3. November haben bewaffnete Banden die Handwerker von meinem Grundstück vertrieben und die Catulus-Halle zerstört, die auf Beschluss des Senats und im Auftrag der Konsuln wieder aufgebaut wurde und fast schon unter Dach war. Das Haus meines Bruders Quintus wurde zunächst von meinem Grundstück aus durch Steinwürfe schwer beschädigt, dann auf Befehl des Clodius angezündet. Die ganze Stadt sah zu, wie die Feuerbrände geschleudert wurden, es war ein lautes Klagen und Seufzen – ich will nicht sagen bei den Gutgesinnten, denn ich weiß nicht, ob's überhaupt noch welche gibt – sondern bei geradezu allen Leuten. Der wahnsinnige Kerl läuft Amok ... Das sieht er ganz klar: Auch wenn er jeden, auf den er es abgesehen hat, vor aller Augen umbringt, wird er keinen schlechteren Stand vor Gericht haben als so schon.

Rede für Milo

Wieso soll der Tod des Publius Clodius noch gräßlicher sein, weil dieser an einem Ort, der das Gedächtnis seiner Ahnen bewahrt, ermordet sein soll – es gibt welche, die das ständig behaupten! Gerade als ob jener Appius Claudius Caecus die Via Appia gebaut hätte, nicht damit die Bevölkerung sie benutze, sondern damit seine Nachkommen auf ihr ungestraft räubern könnten!

Damals, als Publius Clodius auf derselben Via Appia einen hochangesehenen römischen Ritter, den Marcus Papirius, erschlagen hatte, da war das keine strafbare Handlung: Da hatte bloß ein adliger Herr auf der Straße seines Ahnenruhmes einen römischen Ritter totgeschlagen! Nun entstehen aus dem Namen der Via Appia die reinsten Tragödien! Von ihr, die vorher kein Mensch erwähnte – als sie vom Mord an einem angesehenen, unschuldigen Menschen befleckt war, ist nun ständig die Rede, nachdem sie vom Blut eines Räubers und Mörders benetzt worden ist ...

Wie oft bin ich selbst, ihr Richter, den Waffen und den blutbefleckten Händen des Publius Clodius entronnen! Hätte mich nicht, soll ich sagen, mein eigenes Glück oder das des Staates gerettet – wer in aller Welt hätte über meinen Tod eine Untersuchung beantragt? Aber ich bin töricht, dass ich es wage, einen Drusus, Africanus, Pompeius und mich selber mit Publius Clodius zu vergleichen. Deren Tod und Mordanschläge auf sie – das ließ sich ja verschmerzen – aber den Tod des Publius Clodius kann niemand mit Gleichmut hinnehmen. Es trauert der Senat, es jammert der Ritterstand, die ganze Bevölkerung ist aufgezehrt vor Gram, die Landstädte gehen in

Via Appia
Fotografie von Gunter Giebel

Sack und Asche, die Kolonien sind betroffen, die Erde selbst schließlich vermisst einen so wohltätigen, segenspendenden, freundlichen Mitbürger!

Es bleibt euch, ihr Richter, nichts weiter übrig, als pflichtgemäß zu untersuchen, wer wem einen Hinterhalt gelegt hat. Damit ihr euch umso leichter aus den Indizien ein eigenes Bild machen könnt, will ich euch den Hergang kurz erzählen. Hört bitte aufmerksam zu ...

Clodius hatte inzwischen erfahren, Milo müsse am 18. Januar eine alljährlich übliche, offizielle und unbedingt erforderliche Reise nach Lanuvium antreten, um dort einen Priester zu ernennen. Milo war ja Gemeindevorstand von Lanuvium, und es war nicht schwer, das von den Leuten dort herauszubekommen. Daraufhin verließ Clodius Rom ganz plötzlich am Vortage, um vor seinem eigenen Landgut, wie die Ereignisse gelehrt haben, dem Milo aufzulauern. In solcher Hast brach er auf, dass er eine für diesen Tag anberaumte turbulente Volksversammlung im Stich ließ, bei der man seine Raserei vermisste. Das hätte er nie getan, wenn er nicht Ort und Stunde zu einem Verbrechen hätte wahrnehmen wollen.

Milo dagegen war im Senat anwesend bis zum Ende der Sitzung, ging dann nach Hause, wechselte Kleider und Schuhe und wartete noch ein wenig, bis seine Gattin, wie das so ist, mit ihren Reisevorbereitungen fertig war. Danach brach er auf, gerade zu einer Zeit, zu der Clodius schon hätte zurück sein können, wenn er an diesem Tage überhaupt nach Rom hätte zurückkehren wollen.

Es begegnet ihm Clodius, kampfbereit, zu Pferde, ohne Reisewagen, ohne Gepäck, ohne griechisches Gefolge, wie gewöhnlich, ohne die sonst übliche Begleitung seiner Gattin. Dagegen Milo, der angebliche Wegelagerer, der diese Reise unternommen haben sollte, um einen Mord zu begehen: Er sitzt mit seiner Frau auf einem Reisewagen, in seinen Reisemantel gewickelt, mit großem Gepäck und einem Gefolge von weichlichen, verzärtelten Zofen und Pagen.

Er trifft mit Clodius zusammen, vor dessen Grundstück, etwa um die elfte Stunde oder nicht viel später. Sofort unternehmen mehrere Leute von einer Anhöhe aus einen bewaffneten Angriff, die vorderen töten den Wagenlenker. Milo schlägt seinen Mantel zurück, springt vom Wagen und verteidigt sich beherzt. Die Begleiter des Clodius ziehen die Schwerter, die einen rennen zum Wagen zurück, um Milo im Rücken zu fassen, die anderen, die ihn schon tot glaubten, beginnen, seine Sklaven niederzuhauen, die hinter ihm kamen; von diesen aber, die ihrem Herrn treu ergeben und mutig waren, wurden einige getötet. Andere, die sahen, dass beim Wagen gekämpft wurde, wollten ihrem Herrn zu Hilfe eilen, wurden aber daran gehindert und hörten aus Clodius' eigenem Munde, Milo sei tot, was sie auch für wahr hielten. Darauf taten Milos Sklaven das – ich will es ganz offen sagen, nicht um die Schuld abzuwälzen, sondern so wie es war – ohne Geheiß, ohne Wissen, ohne die Gegenwart ihres Herrn, was sich jeder von seinen Sklaven in einer derartigen Situation wünscht.

So, wie ich es geschildert habe, ist es gewesen, ihr Richter: Der den Hinterhalt legte, wurde überwältigt, Gewalt wurde durch Gewalt besiegt, oder vielmehr Tollkühnheit durch Tapferkeit niedergeworfen.

Anfang Januar 44

An Curius

Ich mahne und bitte dich keineswegs, nach Hause zu kommen, möchte ich doch selbst am liebsten von hier entschwinden und irgendwohin kommen, wo ich keine Atridengreuel höre. Man kann sich nicht vorstellen, wie schäbig ich mir vorkomme, dass ich bei diesen Zuständen hier dabei bin. Dir hat anscheinend lange schon geschwant, was bevorstand, damals, als du von hier das Weite gesucht hast.

Gewiss ist es schlimm, von den Dingen hier auch nur zu hören, aber man erträgt es noch eher, davon zu hören, als es mit anzusehen. Du musstest ja neulich nicht auf dem Marsfeld sein, als ⟨am 31. Dezember⟩ um die zweite Stunde in der Frühe für die Quästorenwahl der Amtssessel für Q. Maximus aufgestellt wurde, den die da ⟨die Caesarianer⟩ als Konsul bezeichneten.

Da kam die Nachricht von seinem Tod – daraufhin stellte man den Sessel beiseite. Er aber ⟨Caesar⟩, der doch nur für Tributkomitien die Auspizien eingeholt hatte, hielt dennoch Zenturiatkomitien ⟨für Konsulwahlen⟩ ab und ließ am frühen Nachmittag die Wahl eines Konsuls verkünden, der bis zum 1. Januar im Amt sein sollte, also bis zum nächsten Morgen. Du musst also wissen, dass unter dem Konsulat des Caninius ⟨Rebilus⟩ niemand gefrühstückt hat. Es ist allerdings unter diesem Konsul auch kein Verbrechen passiert; er legte nämlich eine bewundernswerte Wachsamkeit an den Tag, da er in seinem ganzen Konsulat kein Auge zugetan hat.

Du findest das zum Lachen, denn du bist ja nicht hier. Wenn du das mit ansehen müsstest, könntest du die Tränen nicht zurückhalten. Was würdest du sagen, wenn ich dir noch alles andere schreiben würde? Es geschehen nämlich zahllose Dinge dieser Art. Und ich könnte all das nicht ertragen, wenn ich mich nicht in den sicheren Hafen der Philosophie geflüchtet und wenn ich nicht unseren Atticus als Genossen meiner Studien hätte.

Rom, September 46

An Paetus

Du redest mir von Catulus und den damaligen Zeiten. Das ist mit heute nicht zu vergleichen! Damals galt für mich der Grundsatz, mich nicht auf längere Zeit meinem Wächteramt für den Staat zu entziehen.

Wir saßen am Heck und hielten das Steuerruder in der Hand; nun gibt es für uns kaum einen Platz tief unten im Schiffsbauch. Glaubst du, es würden weniger Senatsbeschlüsse verfasst, wenn ich in Neapel wäre? Wenn ich in Rom bin und nicht vom Forum weiche, werden Senatsbeschlüsse bei deinem Verehrer, meinem Freund ⟨M. Antonius⟩ ausgefertigt. Wenn es ihm in den Sinn kommt, wird mein Name daruntergesetzt, und ich höre eher, dass ein angeblich auf meinen Antrag hin gefasster Beschluß nach Armenien und Syrien gelangt ist, als dass ich hörte, es sei überhaupt von dieser Sache die Rede gewesen. Du sollst ja nicht denken, ich mache Witze: Glaub mir, ich habe schon Schreiben von Königen aus dem letzten Erdenwinkel bekommen, in denen sie mir Dank sagen, weil ich für sie den Königstitel beantragt hätte. Und ich wusste nichts von ihrer Ernennung, ja nicht einmal, dass es sie überhaupt gab!

IV
Ich halte mich durch meine Studien aufrecht

Cumanum oder Pompeianum, im Mai 54

An Quintus Cicero

Ich fühle mich auf dem Cumanum und Pompeianum recht wohl, außer dass du nicht bei mir bist, und werde bis zum 1. Juni hier in der Gegend bleiben. Ich schreibe gerade an dem staatswissenschaftlichen Werk ⟨*De re publica*⟩, von dem ich dir schon erzählte, eine nur langsam voranschreitende und mühevolle Arbeit. Aber wenn sie so wird, wie ich es mir denke, dann war es der Mühe wert. Wenn nicht, dann werfe ich sie geradewegs ins Meer, das ich hier beim Schreiben vor mir sehe, und nehme mir etwas anderes vor, denn stillsitzen und nichts tun kann ich einfach nicht.

Cumanum, 22. April 55

An Atticus

Ich delektiere mich gerade an der Bibliothek von Faustus. Du dachtest wohl: an den Spezialitäten von Puteoli und aus dem Lukrinersee. Auch daran fehlt es nicht. Aber wahrhaftig, mit sonstigen Vergnügungen gebe ich mich nicht ab, ich habe einen Widerwillen gegen Amüsement – angesichts der politischen Verhältnisse. Und *so halte ich mich durch meine Studien aufrecht* und erhole mich bei ihnen. Ich will lieber auf deinem Stühlchen sitzen, das bei dir unter dem Aristoteles-Bild steht, als auf dem Amtssessel bei denen dort. Lieber will ich mit dir auf und ab gehen als mit jenem ⟨Pompeius⟩, mit dem ich, wie es aussieht, zusammengehen muss. Aber über diese Promenade mag das Schicksal entscheiden, oder ein Gott, falls es einen gibt, der sich darum kümmert. Was meine Promenade ⟨in Rom⟩ angeht und das Badehaus und alles, was mein ⟨Architekt⟩ Cyrus da treibt – schau du doch bitte nach dem Rechten und treibe Philotimus an, damit ich darin so einigermaßen deinen Standard erreiche.

Rom, Mitte Mai 60

An Atticus

Nun habe ich noch ein persönliches Anliegen: L. Papirius Paetus, ein tüchtiger Mann, der mich sehr schätzt, hat mir die von ⟨seinem Verwandten⟩ Ser. Claudius hinterlassenen Bücher zum Geschenk gemacht. Ich darf sie, wie mir dein Freund Cincius erläuterte, nach dem Gesetz ⟨das Geschenke von Klienten an ihre Anwälte beschränkte⟩ annehmen. Daher habe ich erklärt, ich würde sie gerne haben, wenn er sie mir herbringt. Nun bitte ich dich, wenn du mich liebst, wenn du dich von mir geliebt weißt, stelle deine Freunde, Klienten, Gastfreunde, Freigelassenen und schließlich auch deine Sklaven an, damit ja kein einziges Blatt verloren geht. Ich brauche die Bücher nämlich dringend, sowohl die griechischen, die er vermutlich hatte, wie auch die lateinischen, von denen ich weiß, dass er sie besaß. Soweit mir meine Tätigkeit auf dem Forum Muße lässt, vertiefe ich mich tagtäglich mehr in diese Studien.

Im Jahr 62

Rede für Archias

Du fragst nun, Grattius, warum ich ein solcher Verehrer dieses Mannes ⟨des Dichters Archias⟩ bin. Weil er mir eine Stätte bietet, wo sich mein Geist vom Lärm des Forums erholen und meine Ohren von ermüdenden Wortgefechten Ruhe finden können. Oder meinst du, ich hätte Tag für Tag bei immer anders gearteten Fällen genügend Stoff zum Reden, wenn ich mich nicht wissenschaftlich weiterbildete – oder glaubst du, ich könnte diese enorme Nervenanspannung aushalten, wenn ich nicht eben in dieser wissenschaftlichen Betätigung Entspannung fände? Ich bekenne mich offen zu diesen Studien. Andere mögen sich genieren, wenn sie so in ihre Bücher vergraben sind, dass sie aus ihnen nichts Nützliches für die Allgemeinheit beitragen noch überhaupt etwas zu Tage fördern können. Aber was soll ich mich schämen, ihr Richter – ich lebe doch schon seit vielen Jahren so, dass mich keine Freizeit, kein Vergnügen, nicht einmal die Nachtruhe davon abhält, einem anderen ⟨als Anwalt⟩ beizustehen, mag seine Sache gut oder schlecht stehen!

Weshalb sollte mich da also jemand tadeln oder mir berechtigte Vorwürfe machen können, wenn ich so viel Zeit für die Weiterbildung in diesen Studien aufwende, wie man anderen für ihre Privatangelegenheiten, zur Feier der Spiele, zu anderen Vergnügungen und eben zur Erholung von Körper und Geist gönnt – eine Erholung, die sie mit ausgedehnten Gastmählern, mit Würfel- und Ballspiel verbringen? Man muss mir dieses Zugeständnis doch umso eher machen, da diese Studien der Nährboden meines rednerischen Talents sind, das – ob mehr oder weniger groß – noch niemals einen bedrängten Freund im Stich gelassen hat. Mag dieses mein Talent auch dem einen oder anderen etwas unbedeutend erscheinen, ich kenne aber doch wenigstens die Quelle, aus der ich Wissen um die höchsten Werte schöpfen kann.

Auch wenn der Gewinn nicht so groß und so offensichtlich wäre, wenn diese Studien einfach nur Freude machten, ich glaube, ihr würdet diese Art von Entspannung doch für das dem Menschen am meisten Angemessene und Edelste halten. Alle anderen Beschäftigungen lassen sich nicht in jeder Lage, in jedem Alter und an jedem Ort ausüben. Unsere Studien aber sind die Wegzehrung in der Jugend, ein Labsal im Alter, ein Glanzlicht in glücklichen und eine tröstende Zuflucht in unglücklichen Zeiten. Sie sind eine Freude daheim und keine Behinderung unterwegs, sie durchwachen mit uns die Nächte, gehen mit uns auf Reisen und aufs Land.

Im Jahr 51

Vom Staat

So scheint mir auch der bekannte Ausspruch Platons – oder von wem er sonst stammen mag – sehr sinnig. Als ihn nämlich ein Sturm auf hoher See zu einem fremden Land und an ein einsames Gestade verschlagen hatte, da fürchteten sich, so heißt es, alle seine Reisegefährten, weil sie nicht wussten, wo sie waren. Platon aber entdeckte, dass im Sand einige geometrische Figuren gezeichnet waren. Bei diesem Anblick rief er, sie sollten Mut fassen, denn er sähe die Spuren von Menschen. Das erschloß er offensichtlich nicht aus einem bestellten Akkergelände, das er vor sich sah, sondern aus Zeichen von Bildung und Wissenschaft.

Im Jahr 45

Tuskulanische Gespräche

Das Grab des Archimedes, das die Bürger von Syrakus nicht kannten und das angeblich nicht mehr vorhanden war, habe ich als Quästor entdeckt, und zwar rings umwuchert und zugedeckt von Dornen und Gestrüpp. Ich hatte nämlich in paar Verse in Erinnerung, die auf seinem Grabmal eingemeißelt sein sollten. Sie besagten, auf der Spitze des Grabsteins sei eine Kugel mit einem Zylinder angebracht. Als ich nun alles mit meinen Blicken absuchte – es gibt beim Agrigenter Tor eine Menge Grabsteine – da bemerkte ich eine kleine Säule, die ein wenig aus dem Gebüsch hervorragte, und auf ihr waren eine Kugel und ein Zylinder dargestellt. Ich sagte sogleich zu den Syrakusanern – es waren nämlich führende Männer bei mir – ich glaubte das gefunden zu haben, was ich suchte.

Man schickte einige Leute mit Sicheln hin, die den Platz säuberten und freilegten. Als nun der Zugang frei war, traten wir an die Vorderseite des Sockels heran. Es kam ein Epigramm zum Vorschein, von dem die Verszeilen fast bis zur Hälfte verwittert waren.

So hätte die angesehenste Stadt Großgriechenlands, einst sogar eine Hauptstätte der Gelehrsamkeit, das Grabmal ihres scharfsinnigsten Bürgers nicht mehr gekannt, wenn sie nicht von einem Mann aus Arpinum darüber belehrt worden wäre ...

Gibt es unter all den Menschen, die irgendeine Beziehung zu den Musen, das heißt zu menschenwürdiger Bildung und Wissenschaft haben, auch nur einen einzigen, der nicht lieber dieser Mathematiker sein möchte als ⟨Dionys⟩ der berüchtigte Tyrann von Syrakus?

Dieser Tyrann wusste freilich selbst, dass sein Glück auf unsicheren Füßen stand. Denn als Damokles, einer seiner Schmeichler, die Machtfülle, den Reichtum, den Glanz der Herrschaft, den Überfluss an allem und die Pracht der königlichen Residenz zur Sprache brachte und sagte, keiner sei jemals glücklicher gewesen, da antwortete Dionys: »Willst du also, Damokles, da dich dieses Leben entzückt, es selbst einmal kosten und mein Glück auf die Probe stellen?« Als jener gern zusagte, wies ihm Dionys einen Platz an auf einem goldenen Lager mit einer prächtigen Decke, die kunstvoll bestickt war. Und er ließ mehrere Tische mit silbernem Geschirr und goldenen Gefäßen aufstellen. Dann hieß er erlesene Knaben von außergewöhnlicher Schönheit sich an der Tafel aufstellen, und befahl ihnen, auf jeden Wink des Damokles zu achten und ihn aufmerksam zu bedienen. Es gab da duftendes Salböl und Kränze, Räucherwerk wurde entzündet, und die Tische bogen sich vor erlesenen, köstlichen Speisen. Damokles glaubte sich im siebten Himmel. Da befahl Dionys mitten in diesen Vorbereitungen, ein blitzendes Schwert mit einem Roßhaar so an der Decke zu befestigen, dass es über dem Nacken des Glückspilzes schwebe. Da hatte der keinen Blick mehr für die wunderschönen Diener noch für das silberglänzende Tafelgeschirr, noch streckte er die Hand zur Tafel aus; welk glitten die Kränze herab, da bat er schließlich den Tyrannen inständig, gehen zu dürfen, denn er wolle nicht mehr glücklich sein.

Hat Dionys damit nicht deutlich genug gezeigt, dass es für den kein Glück gibt, dem ⟨aufgrund seiner Taten⟩ stets irgendwo ein Schrecken droht?

Vom höchsten Gut und grössten Übel

Als ich neulich auf meinem Tusculanum war und mir aus der Bibliothek des jungen Lucullus einige Bücher ausleihen wollte, ging ich in dessen Villa, um sie mir wie gewohnt selbst herauszusuchen. Als ich hinkam, fand ich Marcus Cato – ich wusste gar nicht, dass er dort war – in der Bibliothek sitzen, mitten in einem Berg von Büchern der Stoiker. Er hatte ja, wie du weißt ⟨lieber Brutus⟩, eine solche Lesewut und konnte niemals genug bekommen, ja er las oft sogar in der Kurie, ohne sich am Tadel der Leute zu stören – ein unberechtigter Tadel, denn Cato las nur so lange, bis sich der Senat versammelt hatte, und verletzte so keineswegs seine Pflichten gegen den Staat. Desto mehr schien er damals in Ruhe und Behaglichkeit inmitten einer schwelgerischen Fülle sich die Bücher einzuverleiben, wenn man diesen Ausdruck bei solch edler Beschäftigung verwenden darf.

Als wir uns nun zufällig und unvermutet trafen, stand er ⟨als der Jüngere⟩ sofort auf. Wir wechselten einige Worte, wie üblich, wenn man sich so trifft, dann sagte er: »Wie kommst du hierher? Von deiner Villa, denke ich. Hätte ich gewusst«, fügte er hinzu, »dass du dort bist, wäre ich schon zu dir gekommen.«

»Gestern«, erwiderte ich, »habe ich nach den Römischen Spielen die Stadt verlassen und bin am Abend angelangt. Der Grund, hierher zu kommen, war, dass ich mir von hier einige Bücher holen wollte.

Meinst du nicht auch, Cato: Mit diesen Bücherschätzen sollte sich auch unser Lucullus alsbald vertraut machen. Ich möchte jedenfalls, dass er an diesen Büchern größere Freude findet als an der übrigen prunkvollen

Das Theater in Tusculum

Fotografie von Gunter Giebel

Ausstattung der Villa. Es liegt mir sehr am Herzen – obwohl es ja genau genommen deine Aufgabe ist –, dass der junge Mann so erzogen wird, dass er seinem Vater und unserem Caepio ⟨seinem Onkel⟩ und dir selbst, seinem nahen Verwandten, ähnlich wird . . .«

»Du tust ganz recht daran«, entgegnete Cato, »die Erinnerung an die beiden Männer ⟨Caepio und den Vater Lucullus⟩ zu pflegen, die dir beide in ihrem Testament ihre Kinder ans Herz gelegt haben, und dich des Jungen liebevoll anzunehmen. Was du meine Aufgabe nennst, das weise ich keineswegs zurück, doch ich nehme dich dabei als Mithelfer. Lass mich noch hinzufügen, dass der Junge schon so manche Anzeichen von guter Art und Begabung aufweist, aber du siehst, er ist noch recht jung.«

»Ja, das sehe ich«, antwortete ich, »aber er muss doch schon jetzt an die Quellen der Bildung geführt werden. Wenn er hiervon bereits in jugendlichem Alter getrunken hat, wird er später zu größeren Aufgaben besser gerüstet sein.«

»Ja, ganz richtig; wir wollen uns hierüber noch des öfteren eingehend besprechen und gemeinsame Sache machen. Doch setzen wir uns nun, wenn's dir recht ist.« Das taten wir.

Darauf begann Cato: »Du hast doch selbst Bücher in rauhen Mengen – welche suchst du denn hier noch?« – »Einige Abhandlungen des Aristoteles, von denen ich wusste, dass sie hier sind, wollte ich mir holen, um sie durchzuarbeiten, solange ich Muße habe, was bei mir ja nicht oft der Fall ist.«

Im Jahr 45

Vom höchsten Gut und grössten Übel

Es war damals, lieber Brutus, als ich ⟨80 v. Chr. in Athen⟩ im sogenannten Ptolemäischen Gymnasium die Vorträge des Antiochos ⟨von Askalon, des damaligen Leiters der platonischen Akademie⟩ hörte, zusammen mit Marcus Piso, dabei waren auch mein Bruder Quintus, Titus Pomponius ⟨Atticus⟩ und Lucius Cicero, mein Vetter von Vatersseite her, mir aber liebevoll verbunden wie ein Bruder.

Wir verabredeten uns eines Tages, nachmittags einen Spaziergang in der Akademie zu machen, vor allem weil man zu dieser Tageszeit dort keine Massen von Leuten trifft.

So fanden wir uns zur verabredeten Zeit alle bei Piso ein. Von da aus brachten wir unter mancherlei Gesprächen die sechs Stadien ⟨1200 m⟩ vom Dipylontor aus hinter uns. Als wir in den nicht ohne Grund so berühmten Anlagen der Akademie angekommen waren, fanden wir die Ruhe und Einsamkeit vor, die wir uns gewünscht hatten.

Da sagte Piso: »Soll ich es für ein von Natur uns angeborenes Gefühl oder für Einbildung halten: Wenn wir solche Orte sehen, an denen, wie wir wissen, der Erinnerung werte Männer längere Zeit geweilt haben, dann ergreift uns das stärker, als wenn wir einmal etwas über ihre Taten hören oder eine Schrift von ihnen lesen. So fühle ich mich jetzt ergriffen. Denn mir kommt Platon in den Sinn, von dem wir wissen, dass er hier als erster seine philosophischen Gespräche geführt hat. Auch sein kleiner Park in der Nähe weckt mir nicht nur das Andenken an ihn, sondern stellt ihn mir geradezu vor Augen. Hier wirkte Speusippos, hier Xenokrates, hier dessen Schüler Polemon – das war sein Sitzplatz, den wir da vor uns sehen.

Mir geht es auch so bei unserer Kurie ⟨in Rom⟩ – die Hostilische meine ich, nicht die neue, die mir kleiner vorkommt, nachdem sie vergrößert worden ist – wenn ich sie mir betrachte, stelle ich mir gewöhnlich Scipio, Cato, Laelius und vor allem meinen Großvater ⟨Lucius Piso Frugi⟩ vor Augen. Eine solche Kraft der Erinnerung geht von bestimmten Orten aus, dass man nicht ohne Grund die Mnemotechnik, die Gedächtniskunst, von ihnen abgeleitet hat.«

Darauf antwortete Quintus: »Es ist ganz so, wie du sagst, Piso. Denn auf dem Weg eben hierher zog mich jener Ort Kolonos an; sein Bewohner Sophokles trat mir vor Augen; du weißt ja, wie ich ihn bewundere und mich an ihm erfreue. In noch frühere Zeiten hat mich das Bild des Ödipus versetzt, wie er hierher kam und in jenen anrührenden Versen fragt, was dies für ein Ort sei. Eine bloße Vorstellung nur, aber es hat mich doch ergriffen.«

Darauf sagte Pomponius ⟨Atticus⟩: »Und ich, den ihr gewöhnlich als einen Anhänger Epikurs bekrittelt, halte mich häufig mit Phaidros ⟨dem Leiter der epikureischen Schule⟩, den ich außerordentlich schätze, wie ihr wisst, in den Gärten Epikurs auf, an denen wir soeben vorbeigegangen sind. Ich will zwar dem alten Sprichwort gemäß an die Lebenden denken, doch ich könnte Epikur nicht vergessen, selbst wenn ich wollte. Sein Bild haben unsere Freunde nicht nur auf Gemälden, sondern sogar auf Bechern und Ringen.«

»Unser Pomponius scheint Spaß zu machen«, sagte ich, »und vielleicht mit Recht. Er hat sich in Athen so häuslich niedergelassen, dass er fast schon zu den Attikern gehört, und dies scheint mir auch sein Beiname zu werden. Ich stimme dir zu, Piso, es kommt wirklich so, dass wir zuweilen intensiver und aufmerksamer an berühmte Männer denken, wenn uns bestimmte Orte an sie erinnern. Du weißt ja: Ich bin einmal mit dir zusammen nach Metapont gekommen und bin nicht eher bei meinem Gastfreund eingekehrt, bevor ich nicht den Ort gesehen hatte, wo Pythagoras sein Leben beschlossen, und den Platz, wo er gewohnt hat. Jetzt im Augenblick aber fühle ich mich angerührt durch diesen kleinen Saal hier, obwohl es ja überall in Athen viele Orte gibt, die auf berühmte Männer verweisen. Hier aber lehrte vor nicht langer Zeit noch ⟨der Akademiker⟩ Karneades: Es ist mir, als sähe ich ihn vor mir, sein Porträt ist ja bekannt, und ich glaube, sein Sitzplatz selbst fühlt sich von einem solch großen Geist verlassen und vermisst seine Stimme.«

Darauf Piso: »Wir haben nun alle etwas beigetragen – wie ist es mit unserem Lucius? Er hat doch wohl gerne den Ort besucht, wo Demosthenes und Aischines ihren Redewettstreit abhielten. Denn jeder fühlt sich zu seinem Lieblingsgebiet am meisten hingezogen.«

Lucius wurde rot und sagte: »Frag mich doch das nicht – ich bin ja sogar bis zum Hafen von Phaleron hinabgegangen, bis dorthin, wo Demosthenes, wie man sagt, nahe der Brandung zu deklamieren pflegte, um seine Stimme so zu trainieren, dass sie das Tosen der Wellen übertönte. Und eben bin ich auch etwas nach rechts vom Weg abgebogen, um zum Grabmal des Perikles zu kommen. Freilich gibt es dergleichen in dieser Stadt in Hülle und Fülle; wohin wir auch gehen, überall setzen wir unseren Fuß auf eine geschichtlich bedeutsame Stelle.«

»Nun, mein Lucius«, sagte Piso, »solche Studien zeugen von Begabung, wenn sie darauf ausgerichtet sind, die großen Männer nachzuahmen. Geht es aber nur darum, Denkmäler des Altertums kennen zu lernen, dann ist es bloße Neugier. So ermahnen wir dich alle – du bist freilich, wie ich hoffe, schon auf dem besten Wege dazu – die Männer, die du kennen lernen möchtest, auch nachzuahmen.« ...

Dann fügte er nach seiner Gewohnheit in freundschaftlichem Ton hinzu: »Wir alle werden alles tun, um zur Bildung dieses jungen Mannes beizutragen. Besonders damit er einen Teil seiner Studien auch der Philosophie widmet, einmal um dich nachzuahmen, den er liebt, und zum andern, damit er seinem Studiengebiet noch eine reichere Ausstattung geben kann.«

Tusculanum, um den 20. Juli 46

An Paetus

Während ich hier auf meinem Tusculanum Ferien mache, weil ich meine Schüler ihm ⟨Caesar⟩ entgegengesandt habe – sie sollen mir zugleich eine möglichst enge Bindung an ihren Freund verschaffen –, erhielt ich deinen äußerst liebenswürdigen Brief. Ich erkenne daraus, dass du meinen Entschluss billigst: So wie der Tyrann Dionys nach seiner Vertreibung aus Syrakus in Korinth eine Schule eröffnet haben soll, so habe ich, da es mit den Prozessen vorbei ist und ich mein Reich auf dem Forum verloren habe, sozusagen begonnen, Schule zu halten.

Was willst du – mir gefällt dieser Entschluss; ich erreiche einiges dadurch. Zunächst – was derzeit das Wichtigste ist – sichere ich mich ab gegen die herrschenden Zustände. Ob es der rechte Weg ist, weiß ich nicht; ich sehe nur so viel, dass dieser Entschluss bisher vor allen anderen Ratschlägen den Vorzug verdient, es sei denn, man wäre besser gestorben. Krank im Bett, wie ich eingestehen muss, was aber nicht sein sollte; in der Schlacht ⟨von Pharsalos⟩ bin ich nicht gewesen ...

Das als erster Gesichtspunkt. Zweitens: Ich fühle mich besser, einmal was mein gesundheitliches Wohlbefinden angeht, das ich durch die Unterbrechung meiner Übungen eingebüßt hatte. Zum andern wäre mein rednerisches Talent – wenn ich denn so etwas habe – völlig versiegt, wenn ich mich nicht wieder dieser Praxis zugewandt hätte. Und schließlich und endlich – was für dich wohl die Nummer eins ist – ich habe schon mehr Pfauen verschmaust als du junge Tauben ... Komm also, wenn du ein Mann bist, und lerne bei mir das Grundwissen, wonach es dich verlangt ...

Wie ich sehe, hast du dein Hab und Gut eingebüßt. Ich nehme an, deinen Freunden dort ist es ebenso ergangen. Da ist es um dich geschehen, wenn du nicht vorsorgst. Du kannst auf deinem Maultier – das einzige, was dir noch geblieben ist, wie du sagst, da du den Gaul verzehrt hast – nach Rom reiten. Du bekommst in meiner Schule sozusagen als Hilfslehrer einen Stuhl neben mir und nachher einen Platz beim Essen.

Rom, Anfang / Mitte Juli 46

An Paetus

Was redest du mir da von einem Fischgericht, von einem Essen für einen Denar, von Käseauflauf und Heringsragout? Das ließ ich mir in meiner Gutmütigkeit früher gefallen, aber nun haben sich die Verhältnisse geändert. Hirtius und Dolabella ⟨Freunde Caesars⟩ sind meine Schüler in der Rhetorik, meine Lehrer beim Speisen. Du hast wohl davon gehört – wenn denn alles zu euch gelangt –, dass jene bei mir deklamieren und ich bei ihnen diniere.

Tusculanum, 11./12. Juli 45

An Varro

Könnten wir doch, mein lieber Varro, in einer wenn nicht glücklichen, so doch stabilen politischen Lage gemeinsam unsere Studien betreiben! Freilich wären die Verhältnisse dann anders und würden uns andere ehrenvolle Aufgabenbereiche bieten. Nun aber – wozu sollten wir ohne unsere Studien überhaupt leben? Ich kann wahrhaftig selbst mit ihnen kaum leben, ohne sie aber nicht einmal »kaum«. Doch darüber mündlich und des öfteren!

Ich wünsche dir, dass du mit deinem Umzug und Hauskauf Glück hattest; ich meine, dein Entschluss war richtig.

Bleib gesund und munter!

Rom, Anfang 46

An Varro

Höre nur: Nach meiner Rückkehr in die Stadt ⟨Oktober 47⟩ habe ich mich mit alten Freunden ausgesöhnt, das heißt mit meinen Büchern. Ich hatte den Umgang mit ihnen nicht deshalb aufgegeben, weil ich ihnen böse war, sondern weil ich mich vor ihnen ein bisschen schämte. Es kam mir nämlich so vor, als hätte ich ihren Vorschriften nicht die schuldige Gefolgschaft geleistet, als ich mich mit höchst treulosen Genossen in die chaotischen Zustände einließ. Sie verzeihen mir aber, laden mich wieder zu unserem gewohnten Umgang ein wie früher und erklären, du seiest klüger gewesen als ich, weil du dabei geblieben wärest. Da ich nun wieder versöhnt mit ihnen Umgang habe, darf ich wohl auf ein Wiedersehen mit dir hoffen, das mich alle drückenden und noch drohenden Sorgen leichter tragen lässt.

Also, ob es dir auf deinem Tusculanum oder deinem Cumanum recht ist oder in Rom – was mir am wenigsten lieb wäre –, wenn wir nur beisammen sind, dann will ich es gewiss zustande bringen, dass wir beide es so recht behaglich miteinander haben.

Tusculanum, um den 24. August 45

An M. Fadius Gallus

Mein lieber Gallus, dass du nur nicht denkst, es gäbe etwas Netteres als deinen Brief von der Stelle an: »Alles übrige ist ins Wanken geraten.« Hör dir das nur für dich an, behalt es für dich, sag es nicht einmal Apelles, deinem Freigelassenen. Außer uns beiden drückt sich keiner so aus; ob gut oder schlecht, wird man sehen, aber was dran ist, das ist von uns. Bleib eifrig dabei und lass, wie man so sagt, die Finger nicht vom Griffel! Denn er verschafft die Meisterschaft des Stils. Ich nehme sogar schon einen Teil der Nacht dazu her.

V
Einen Zufluchtsort zu besitzen

Rom, Ende November 68

An Atticus

An meinem Tusculanum habe ich eine solche Freude, dass ich mich nur rundherum wohl fühle, wenn ich hier bin.

Rom, März / April 67

An Atticus

Die Statuen und die Hermen aus megarischem Marmor, von denen du mir schreibst, erwarte ich schon ganz begierig. Alles, was du in der Art auftreiben kannst und was dir für meine Akademie passend erscheint, schicke mir unverzüglich – hab keine Sorge um meine Kasse! Das ist nun einmal meine Liebhaberei: Ich suche nach Dingen, die sich in meinem Gymnasium gut machen. Lentulus stellt mir seine Schiffe zur Verfügung. Ich bitte dich also, kümmere dich eingehend darum!

Tusculanum, Mai / Juni 67

An Atticus

Die Bibliothek, die du neu erworben hast, versprich ja niemand anderem, selbst wenn du einen feurigen Liebhaber findest. Ich habe nämlich schon alle meine kleinen Einkünfte dafür beiseite gelegt, um mir dadurch eine Zufluchtsstätte fürs Alter zu schaffen.

Rom, Ende 67

An Atticus

Die Statuen, die du für mich besorgt hast, sind in Gaeta ausgeladen worden. Ich habe sie noch nicht gesehen, denn ich kann momentan nicht aus Rom weg, habe aber jemanden hingeschickt, um die Fracht zu bezahlen. Ich bin dir von Herzen dankbar, dass du alles so gewissenhaft und so billig besorgt hast.

Formianum, Dezember 46

An M. Fadius Gallus

Gerade kam ich aus Arpinum zurück, da wurde mir dein Brief übergeben, und der gleiche Bote brachte auch einen Brief von Avianus, mit der höchst willkommenen Mitteilung, er werde mir Zahlungsaufschub gewähren, wenn er nach Rom käme; den Termin könne ich ganz nach Wunsch bestimmen.

Nun stell dir einmal vor, ich bitte dich, du wärest an meiner Stelle. Verträgt es sich mit deinem oder mit meinem Gefühl für Anstand, einmal überhaupt um Zahlungsaufschub zu bitten und dann auch noch mehr als ein Jahr zu fordern? Es wäre ja alles viel einfacher, mein lieber Gallus, wenn du zum einen genau das gekauft hättest, was ich mir wünschte, und zum andern zu eben der Summe, die ich als Ziel gesetzt hatte. Dennoch will ich deine Käufe, von denen du schreibst, auf meine Rechnung nehmen, auch noch meinen Segen dazu geben. Ich habe ja volles Verständnis: Du, ein Mann mit Kunstverstand, wie ich immer feststellen konnte, hast in deiner Begeisterung, ja deiner Liebe für schöne Dinge all das gekauft, was dir für mich würdig erschien.

Ich wäre aber doch froh, wenn Damasippus weiterhin interessiert bliebe. Um ehrlich zu sein, möchte ich von all den Sachen eigentlich gar nichts haben. Du hast in Unkenntnis meiner Vorstellungen für vier oder fünf Statuen so viel ausgegeben, wie mir sämtliche Statuen der Welt niemals wert gewesen wären.

Diese Bacchusgruppe vergleichst du mit den Musen des Metellus. Worin besteht denn die Ähnlichkeit? Erstens hätte ich die Musen niemals so hoch eingeschätzt, und da hätten mir alle Musen selbst Beifall gespendet. Nun, immerhin wären sie für meine Bibliothek geeignet und würden zu meinen Studien passen. Doch wo ist bei mir ein Platz für eine Bacchusgruppe? – Aber sie ist so hübsch. – Ich kenne sie gut genug und habe sie oft gesehen. Ich hätte dir die Statuen, die ich kenne, namentlich benannt, wenn ich sie hätte kaufen wollen.

Gewöhnlich kaufe ich nämlich nur solche Statuen, die sich zur Zierde meiner Palästra eignen, so wie in den griechischen Gymnasien. Aber was soll eine Marsstatue bei mir, dem Anwalt des Friedens? Ich bin nur froh, dass kein Saturn dabei war; Mars und Saturn hätten mir sicher nur Schulden eingebracht. Da wäre mir ein Merkur schon lieber gewesen, dann hätten wir, meine ich, das Geschäft mit Avianus günstiger abgeschlossen.

Den Tisch mit der Sockelverzierung hast du für dich bestimmt; nun, wenn dein Herz daran hängt, sollst du ihn haben. Falls du aber deine Meinung änderst, nehme ich ihn natürlich. Für das viele Geld hätte ich mir wohl lieber ein Absteigequartier in Terracina gekauft, damit ich dort nicht immer einem Gastfreund zur Last fallen muss . . .

Falls ich die Sachen doch nehmen muss, benachrichtige mich bitte, wo sie sind, wann sie geliefert werden und wie der Transport verlaufen soll. Wenn aber Damasippus sein Angebot nicht aufrechterhält, müssen wir einen anderen Interessenten finden, und sei es mit Verlust.

Velia, 20. Juli 44

An Trebatius

Velia kommt mir noch liebenswerter vor, weil ich gemerkt habe, wie sehr man dich dort schätzt ... Wenn du auf mich hören willst – und das tust du ja gewöhnlich –, dann behalte deine väterlichen Besitzungen dort – in Velia hegt man da bestimmte Befürchtungen – und verlass nicht den Halys, diesen edlen Fluss, gib das Haus des Papirius nicht auf ...

Es scheint mir vor allem ratsam, zumal in diesen Zeiten, *einen Zufluchtsort zu besitzen*, einmal in einer Stadt, in der man dich schätzt, und dann im eigenen Haus, auf deinem eigenen Grund und Boden, und das noch in einer etwas abgelegenen, gesunden und angenehmen Gegend. Ich würde mich übrigens auch dafür interessieren, mein lieber Trebatius! Also mach's gut, nimm dich meiner Angelegenheiten an und erwarte mich, so die Götter wollen, vor der Wintersonnenwende zurück.

Antium, im Juni 56

An Atticus

Es wäre zu schön, wenn du zu mir kämst. Du findest hier meine Bibliothek von ⟨dem Gelehrten⟩ Tyrannio ganz wunderbar geordnet. Die restlichen Bestände hier sind in viel besserem Zustand als ich dachte. Bitte schick mir doch zwei von deinen Kopisten, die Tyrannio beim Zusammenkleben der Schriftrollen und anderem helfen können. Und trage ihnen auf, ein dünnes Pergamentblatt zu nehmen und daraus Titelaufkleber zu machen, was ihr Griechen, glaub ich, Syllaboi nennt. Aber das nur, wenn es dir genehm ist. Du selbst musst aber auf jeden Fall kommen, wenn du ein Weilchen in der Gegend bleiben und auch ⟨deine Frau⟩ Pilia mitbringen kannst. Das wäre nämlich nur recht und billig, und Tullia wünscht es sich so sehr.

Alle Wetter – du hast dir da ja eine prächtige Gladiatorentruppe angeschafft, ich höre, sie schlagen sich prima. Hättest du sie ausleihen wollen, dann hättest du nach den beiden Spielen jetzt dein Geld schon wieder drin. Doch davon später.

Mach also, dass du kommst und sei so lieb und kümmere dich um die Kopisten.

Antium, Ende Juni 56

An Atticus

Allerlei in deinem Brief hat mir Spaß gemacht, besonders das mit der Schüssel Heringsragout . . . Das sage ich dir: Antium ist der ideale Ort an der See, so ruhig, erfrischend und lieblich. Aber: »Immer gefällt einem das eigene Haus am besten.« Nachdem aber Tyrannio mir hier die Bibliothek geordnet hat, scheint mein Haus einen besonderen Geist auszustrahlen. Dabei haben dein Dionys und Menophilus wunderbare Arbeit geleistet. Deine Regale sind einfach eine Pracht, seit die Etiketten an den Büchern prangen.

Mach's gut!

Formianum, um den 20. Dezember 50

An Atticus

Da am 2. Januar das Volksfest der Compitalien ist, möchte ich an diesem Tag nicht auf das Albanergut gehen; ich käme der Dienerschaft ungelegen. Ich komme also am 3. Januar, am 4. dann von dort nach Rom.

Ich weiß nicht, an welchem Tag du deinen Fieberanfall bekommst, aber ich möchte auf gar keinen Fall, dass du dich zum Schaden deiner Gesundheit auf die Beine machst.

Auf dem Pomptinum, 8. April 53

An Trebatius

Diesen Brief schreibe ich auf dem Pomptinum; ich bin nämlich in der Villa des Marcus Aemilius Philemon eingekehrt. Und von hier aus habe ich schon den Lärm meiner Klienten gehört, die sicher du mir verschafft hast. In Ulubrae ⟨in den Pontinischen Sümpfen⟩ hat sich nämlich, offenbar mir zu Ehren, eine riesige Menge von Fröschen auf den Weg gemacht.

Halte dich gesund und munter!

Arpinum, im September 54

An Quintus Cicero

Von der schrecklichen Hitze – ich kann mich nicht erinnern, dass es jemals heißer war – habe ich mich anlässlich der Feiertage zu den Spielen in Arpinum erholt: Es war höchst angenehm am Fluss . . . Auf deinem Arcanum bin ich am 10. September gewesen; ich traf dort Mescidius mit Philoxenus und konnte sehen, dass die Wasserleitung, die sie nicht weit vom Haus legten, recht ordentlich strömte, und das bei der außerordentlichen Trockenheit. Und sie würden ihr, so sagten sie, noch bedeutend mehr Wasser zuführen …

Von dort begab ich mich auf der Via Vitularia direkt zum Anwesen des Fufidius, das ich am letzten Markttag für 101 000 Sesterzen von ihm für dich gekauft hatte.

Ich habe noch nie einen Platz gesehen, der im Sommer so schön schattig ist. Allerorts sprudelt Wasser, und zwar reichlich – was willst du mehr? Fünfzig Morgen Weideland könntest du leicht bewässern, glaubt Caesius. Ich bestätige dir meinerseits, wovon ich mehr verstehe, dass du nämlich einen außerordentlich reizvollen Landsitz haben wirst, wenn noch ein Fischteich und ein Springbrunnen dazukommen sowie ein Sportplatz und ein lauschiges Wäldchen …

Am 13. September war ich auf dem Laterium. Ich habe mir die ⟨neugebaute⟩ Straße angesehen und war sehr zufrieden; man könnte sie für eine Staatsstraße halten …

Deinem Gärtner habe ich mein Lob ausgesprochen. Er hat alles so schön mit Efeu umkleidet, die Grundmauern des Hauses wie auch die Säulenzwischenräume in der Wandelhalle, sodass es bald aussieht, als hätten die Philosophenstatuen dort sich auf die Gärtnerei verlegt und wollten Efeu verkaufen. Das Auskleidezimmer ist ganz mit Moos bewachsen und herrlich kühl.

Tusculanum, im 2. Schaltmonat (Oktober) 46

An Fadius Gallus

Seit zehn Tagen leide ich schon an einem schweren Darmkatarrh, konnte aber den Leuten, für die ich tätig sein sollte, nicht glaubhaft machen, dass ich krank bin –

Säulenhalle einer Villa in Pompeji
Fotografie von Angelika Mugler

ich habe nämlich kein Fieber. Deshalb habe ich mich auf mein Tusculanum geflüchtet, nachdem ich zwei Tage so streng gefastet hatte, dass ich nicht einmal einen Schluck Wasser zu mir genommen habe. So bin ich nun vor Mattigkeit und Hunger ganz von Kräften und sehne mich mehr nach deinem Besuch, als du wohl den meinen vermisst.

Mich schaudert's vor allen Krankheiten, besonders aber ... fürchte ich mich schon immer vor Dysenterie. Doch hat mir anscheinend die Luftveränderung oder die auch geistige Entspannung gut getan, oder die Krankheit ist vielleicht von selbst schon am Abklingen. Wundere dich bei alledem nicht, woher das Leiden kam oder wie ich es mir zugezogen habe: Das Antiluxusgesetz, das zum einfachen Leben zurückgeführt hat – das hat sich für mich ganz heimtückisch ausgewirkt. Denn unsere Gourmets wollen die Gewächse der Erde, die vom Gesetz ausgenommen sind, in den Rang einer feinen Küche erheben. Und so würzen sie Pilze, Gemüse und Salat so sehr, dass es kaum einen stärkeren Gaumenkitzel gibt. Solchen Kochkünsten bin ich zum Opfer gefallen – beim Augurengastmahl des Lentulus, und daraufhin hat mich eine Diarrhoe von solchem Ausmaß befallen, dass es erst heute die ersten Anzeichen eines Nachlassens gibt. So bin ich, der ich auf Austern und Murenen leicht verzichte, auf Mangold und Malven hereingefallen. Künftig werde ich vorsichtiger sein.

Du hättest doch eigentlich, da du durch Anicius davon gehört hattest – er hat mich ja in meinem elenden Zustand gesehen –, einen guten Grund gehabt, mir nicht nur zu schreiben, sondern mir einen Besuch zu machen.

Ich gedenke hier zu bleiben, bis ich mich richtig erholt habe, denn ich habe an Kräften und Körpergewicht einiges verloren. Aber wenn ich die Krankheit erst losgeworden bin, werde ich hoffentlich beides rasch wiedergewinnen.

Rom, zwischen dem 20. und 25. Juni 46

An Varro

Ich habe dich immer als einen großartigen Mann angesehen: In diesen stürmischen Zeiten bist du sozusagen als einziger im Hafen und erntest die Früchte deiner Gelehrsamkeit. Und diese sind von besonderem Wert, weil du dein Denken und Handeln darauf richtest, das zu besitzen und zu genießen, was allen Taten und Genüssen von diesen da ⟨den siegreichen Caesarianern⟩ vorzuziehen ist.

Ich betrachte deine Tage auf deinem Tusculanum als ein wahres Leben und würde gern allen alle Schätze der Welt überlassen, wenn es mir vergönnt wäre, so zu leben, ohne dass mir einer dazwischenkommt. Soweit wie möglich versuche ich es auch so zu machen und finde in meinen Studien die beste Erholung.

Wer wollte es uns denn verwehren, da das Vaterland sich unserer Dienste nicht bedienen kann oder will, zu einer Lebensweise zurückzukehren, die viele weise Männer – vielleicht nicht zu Recht, aber in großer Zahl – der politischen Betätigung sogar vorgezogen haben? Diese Studien befreien nach dem Urteil bedeutender Männer sogar von der Dienstpflicht gegenüber dem Staat – warum sollten wir uns ihnen also nicht mit staatlicher Erlaubnis widmen?

Rom, Oktober 55

An Marius

Wenn dich irgendein Unwohlsein oder dein schlechter Gesundheitszustand überhaupt vom Besuch der Spiele ⟨des Pompeius zur Einweihung seines neuen Theaters⟩ abgehalten hat, dann muss ich dein Fernbleiben mehr dem Schicksal als deiner Klugheit zuschreiben. War es aber dein freier Entschluss, das zu verschmähen, was all die anderen anstaunen, und wolltest du, trotz passabler Gesundheit, nicht kommen, dann macht mir das doppelt Freude: Du hattest keine körperlichen Beschwerden und warst geistig so gesund, dass du dich um all das nicht gekümmert hast, was andere ganz grundlos bewundern. Ich setze voraus, dass dir deine Muße reiche Früchte getragen hat; du durftest sie ja ausgiebig genießen, denn du bist in dieser schönen Gegend ⟨bei Stabiae am Golf von Neapel⟩ ganz allein zurückgeblieben.

Du hast doch sicher in diesen Tagen die Morgenstunden in deinem Zimmer, aus dem du dir einen freien Durchblick und Ausblick auf Misenum geschaffen hast, mit ein wenig Lektüre verbracht. Die anderen aber, die dich dort allein gelassen haben, saßen derweil gähnend bei abgeleierten Lustspielen. Die übrigen Stunden des Tages hast du mit Unterhaltungen zugebracht, die du dir nach eigenem Geschmack ausgesucht hast. Wir mussten uns mit dem abfinden, was einem Spurius Maecius gutdünkte.

Alles in allem waren es höchst aufwendige Spiele, wenn du Näheres darüber wissen willst, allerdings nicht nach deinem Geschmack – ich schließe dabei von mir auf dich. Zunächst traten da welche dem Pompeius zu Ehren wieder auf der Bühne auf, von denen ich annahm, sie seien um ihrer eigenen Ehre willen längst abgetreten. So wie dein Liebling, unser Äsop, war, hätten ihm alle bereitwillig den Abschied von der Bühne erlaubt. Als er den Eid zu sprechen begann, versagte ihm die Stimme bei den Worten: »Wenn ich wissentlich unwahr spreche.« Was soll ich dir noch Weiteres berichten? Du kennst ja die sonstigen Darbietungen. Diese hier waren nicht einmal so geschmackvoll wie bei den gewöhnlichen mittelmäßigen Spielen. Das Übermaß an Ausstattung, das man zu sehen bekam, machte alles besinnliche Genießen zunichte. Auf dieses ganze Schaugepränge hast du ohne Zweifel leichten Herzens verzichtet. Was hat man denn für ein Vergnügen an 600 Maultieren in der *Clytemnestra* oder an 3000 Mischkrügen im *Trojanischen Pferd* oder an der abwechslungsreichen Rüstung des Fußvolkes und der Reiterei in irgendeinem Gefecht?

Tierhetze (»venatio«)
Ausschnitt aus dem Borghese-Mosaik

Das Volk gaffte das alles an, aber dir hätte es kein Vergnügen gemacht ...

Schließlich noch die Tierhetzen, fünf Tage lang täglich zweimal, ein großes Spektakel, nicht zu leugnen. Doch wie kann ein kultivierter Mensch daran Gefallen finden, wenn ein schwacher Mensch von einer gewaltigen Bestie zerfleischt wird? Oder wenn ein prächtiges großes Tier von einem Jagdspeer durchbohrt wird? Wenn so etwas sehenswert ist, nun, dann hast du diesen Anblick schon oft genug gehabt. Auch wir, die wir dabei Zuschauer waren, haben nichts Neues gesehen.

Am letzten Tag kamen die Elefanten dran. Das war ein Staunen beim Volk und der lärmenden Menge; Vergnügen kam aber keines auf, eher regte sich eine Art Mitleid, und man hatte das Gefühl, dieses Riesentier hätte irgendwie etwas Menschenähnliches an sich ...

Wenn du also während dieser Tage deinem Protogenes zuhörtest – und er dir nicht gerade meine Reden vorgelesen hat – dann hast du wahrhaftig mehr Vergnügen gehabt als irgendeiner von uns ...

Daher suche ich nach Mitteln und Wegen, auch einmal nach meinem Geschmack zu leben und spende dir und deiner Art, die Muße zu genießen, Lob und Anerkennung. Dass du mich weniger oft besuchst, kann ich deshalb leichter verschmerzen, weil ich, wenn du in Rom wärest, deinen Esprit doch nicht genießen könnte – und du umgekehrt auch nicht, falls ich so etwas an mir habe. Ich stecke nämlich in überaus lästigen Geschäften. Wenn ich damit einmal etwas kürzer treten kann – mich ganz und gar freizumachen, verlange ich gar nicht –, dann werde ich sogar dir, obwohl du schon viele Jahre lang nichts anderes betreibst, noch gute Lehren geben, was es heißt, menschlich zu leben.

Kümmere du dich nur um deine schwache Gesundheit und halte dich danach, wie du es schon tust. Dann kannst du mich in meinen Landhäusern besuchen und dich mit mir in einer bequemen Sänfte umhertragen lassen.

Rom, Ende Januar 45

An Lepta

Ich bin wahrhaftig nicht mehr so reiselustig wie früher. Meine Landhäuser machten mir Freude und die Ruhe dort. Jetzt steht mein Haus hier in Rom keinem meiner Landsitze nach: Ruhe finde ich hier mehr als in der einsamsten Gegend. Daher werden denn auch meine literarischen Studien nicht gestört, mit denen ich mich ohne Unterbrechung beschäftige. So werde ich dich wohl eher hier als du mich dort sehen.

Dein goldiger Sohn soll nur eifrig den Hesiod auswendig lernen und sich vorsagen: »Vor den Erfolg haben die Götter den Schweiß gesetzt …«, und so weiter.

Villa am Meer
Wandmalerei in Boscoreale

Astura, 27. Juli 45

An Atticus

Ich würde wirklich gern hierbleiben, und zwar von Tag zu Tag lieber, wenn da nicht die Sache wäre, von der ich dir in meinem letzten Brief geschrieben habe. Nichts ist angenehmer als diese Einsamkeit, die nur ein lästiger Besucher ein wenig gestört hat. Diese endlose, unerquickliche Geschwätzigkeit! Alles andere aber kannst du dir nicht herzerquickender vorstellen – die Villa, den Strand, den Blick aufs Meer und all das hier. Doch braucht es dafür keinen längeren Brief; anderes aber habe ich dir nicht zu schreiben, und ich bin schon ganz schläfrig.

Von den Gesetzen

Ja, ⟨Atticus,⟩ wenn es mir möglich ist, mehrere Tage von Rom fernzubleiben, zumal in dieser Jahreszeit, dann suche ich diese liebliche und gesunde Gegend auf ... Hier ⟨in Arpinum⟩ ist nämlich genau genommen die eigentliche Heimat von mir und meinem Bruder hier. Von hier stammen wir, aus einer alten eingesessenen Familie, hier sind unsere Familienheiligtümer, hier steht unser Stammhaus und vieles, was uns an die Vorfahren erinnert. Was soll ich noch mehr sagen? Du siehst dieses Gutshaus, wie es jetzt ist, etwas ansehnlicher umgebaut von meinem Vater, der seine Sorge darauf verwandt hat. Hier hat er – mit seiner Gesundheit stand es nicht zum besten – sein Leben mit seinen Büchern verbracht. Und hier an diesem Ort bin ich geboren, als der Großvater noch lebte und das Haus noch klein und bescheiden war, ganz nach alter Sitte, wie das Häuschen des Curius im Sabinerland. Daher steckt irgendetwas tief in meinem Herzen und Sinn, weshalb mir der Aufenthalt an diesem Ort so besonders wohl tut. Schließlich soll ja auch, so steht's geschrieben, jener berühmte kluge Mann, um sein Ithaka wiederzusehen, die Unsterblichkeit ausgeschlagen haben.

VI

Diese großen und hochwohlgeborenen Herren

Im Jahr 70

Erste Rede gegen Verres

Es gibt, glaube ich, keinen Menschen, der, wenn er den Namen Verres hört, nicht auch seine Schandtaten aufzählen könnte ...

So sieht es aus, und daher will dieser wahnwitzige und verkommene Mensch mit einer anderen Taktik gegen mich vorgehen. Er hat nicht die Absicht, mir mit einem redegewaltigen Gegner Widerpart zu leisten ... er will mich beeindrucken mit nichtssagenden Namen von adligen Männern, das heißt Namen von anmaßenden Leuten, die mich aber weniger stören als dass sie mir nützen: weil sie nämlich eher notorisch bekannt als nobel sind.

Im Jahr 70

Zweite Rede gegen Verres

Muss ich nicht diese Sache ⟨die Anklage gegen Verres⟩ betreiben, sie in die Öffentlichkeit bringen, den Schutz des römischen Volkes anrufen, und alle, die in ein solch schweres Verbrechen verstrickt sind, indem sie entweder pflichtvergessen sich bestechen ließen oder das Gericht bestochen haben – muss ich die nicht zur Verantwortung ziehen oder vor Gericht stellen?

Es mag vielleicht jemand fragen: »Eine so große Mühe willst du dir also aufladen und die erbitterte Feindschaft so vieler Personen?« – Wahrhaftig nicht aus eigenem

Antrieb, aber mir steht nicht dasselbe frei wie denen, die aus einem altadligen Geschlecht stammen, denen sämtliche Ehrenstellen des römischen Volkes im Schlaf zufallen; unter ganz anderen Gesetzen und Voraussetzungen muss ich in diesem Staate leben.

Ich muss an Marcus Cato denken, einen Mann von höchster Klugheit und unermüdlicher Tätigkeit. Ihm war klar, dass er sich nur durch seine Tüchtigkeit, nicht durch seine Herkunft dem römischen Volk empfehlen konnte, und so wollte er sein Geschlecht und seinen Namen mit sich selbst beginnen lassen und weiterführen. Daher nahm er Feindschaften mit den mächtigsten Männern auf sich und lebte in einem ausgedehnten Wirkungskreis bis ins höchste Alter als ein überaus ruhmreicher Mann.

Hat nicht später Quintus Pompeius ⟨der Vorfahre des Pompeius Magnus⟩, der von niedriger, unbekannter Herkunft war, eine Vielzahl von Feindschaften und die größten Gefahren und Mühen auf sich genommen und schließlich die höchsten Ehrenstellen erreicht? Jüngst erst haben wir erlebt, wie C. Fimbria, C. Marius, C. Caelius nicht geringe Feindschaften und Mühen auf sich nahmen, um auf diesem Wege zu den Ämtern zu gelangen, zu denen ihr spielend und ohne einen Finger zu rühren gelangt seid.

In diese Richtung und auf diese Bahn lenken auch wir unser Bestreben; zur Denk- und Handlungsweise dieser Männer bekennen wir uns. Dabei sehen wir wohl, mit wie viel Anfeindung und Hass manche vornehmen Herren auf die Tüchtigkeit und Regsamkeit der »neuen Männer« reagieren. Schauen wir nur einen Augenblick weg, schon haben sie uns eine Falle gestellt, bieten wir nur den geringsten Anlass zu einem Argwohn oder Vorwurf, müssen wir sofort eine Verwundung hinnehmen: Wir sehen, dass wir stets und ständig auf der Hut sein und uns rühren müssen.

Es gibt Feindschaften – man muss sie auf sich nehmen, Mühe und Anstrengung –, man muss sich ihnen unterziehen. Stille und heimliche Feindschaften sind allerdings noch mehr zu fürchten als offen erklärte. Von diesen adligen Herren hegt wohl keiner Sympathie für unseren regen Fleiß; durch keinerlei Dienste können wir ihr Wohlwollen gewinnen; als ob von Natur und Geburt her ein Graben zwischen uns sei, so sind sie uneins mit uns in ihrer Gesinnung und Neigung.

Was für eine besondere Gefahr bedeutet daher für mich die Feindschaft von Leuten, die mir schon vorher feindselig und missgünstig gegenüberstanden, noch bevor ich ihnen Grund zur Feindschaft bot? ...

Wenn es hier also welche gibt, die zugunsten dieses Angeklagten ihre Macht, ihre Unverfrorenheit oder ihre Ränke ausspielen wollen, um das Gericht zu korrumpieren, dann sollen sie sich darauf gefasst machen, dass sie es vor dem Richterstuhl des römischen Volkes mit mir zu tun haben werden.

Im Jahr 70

Zweite Rede gegen Verres

Wie denn? Kann nicht schon diese an sich gar nicht so wichtige Sache jedermann in Wallung bringen: Zum freundschaftlichen Verkehr mit dir ⟨Hortensius⟩ und *diesen anderen großen und hochwohlgeborenen Herren* hat ein nichtswürdiger und skrupelloser Kerl wie dieser Verres leichteren Zugang als unsereiner mit seiner Tüchtigkeit und Unbescholtenheit!

Ihr hasst die Strebsamkeit der »neuen Männer«, blickt von oben herab auf ihre bescheidene Lebensführung, verachtet ihr Gefühl für Anstand und Ehre, ja Talent und Tüchtigkeit möchtet ihr zu Boden getreten und ausgelöscht sehen – aber einen Verres – den liebt ihr!

Im Jahr 70

Zweite Rede gegen Verres

Ich fordere von dir, Verres, das Monument des Scipio Africanus zurück, die Statue der Diana aus Segesta, auf deren Basis in großen Buchstaben sein Name eingeschrieben war und dass er sie nach der Eroberung Karthagos von dort wieder hierher zurückgebracht habe. Ich halte das für meine Aufgabe, weil ich zu dieser Bürgerschaft gehöre, die Africanus groß, berühmt und angesehen gemacht hat, und besonders weil ich mich meinerseits dafür einsetze, worin er der Erste war, nämlich Gleichheit vor dem Gesetz, Einsatzfreude, Selbstdisziplin, Verteidigung der Notleidenden und Feindschaft gegen die Böswilligen. Diese Verwandtschaft in den geistigen Bestrebungen ist sozusagen nicht weniger eng als die, auf die ihr euch so wohlgefällig beruft, die des Stammes und des Namens.

Laodicea, 20. Februar 50

An Atticus

Was schreibst du da von der Statue des Africanus (was für eine bunte Mischung – aber gerade das macht mir Spaß bei deinen Briefen!). Ist das zu glauben? Dieser Scipio Metellus weiß nicht, dass sein Urgroßvater nie Zensor gewesen ist? ... Als ich unter der Gruppe vergoldeter Reiterstatuen, die unser Metellus auf dem Kapitol aufstellen ließ, das Standbild mit der Inschrift CONSOL CENSOR sah, hielt ich es für einen Irrtum des Bildhauers. Nun sehe ich, daß es Metellus selbst war. Was für ein blamabler Mangel an Geschichtskenntnissen! ... Bei den Griechen kommt so etwas ja öfter vor. Aber nicht zu wissen, dass der eigene Urgroßvater nie Zensor war, das ist wirklich blamabel.

Laodicea, 20. Februar 50

An Atticus

Appius ⟨Claudius Pulcher⟩ hat von unterwegs zwei- oder dreimal in etwas vorwurfsvollem Ton an mich geschrieben, weil ich einige seiner Anordnungen aufgehoben hätte ... Dabei geschieht von meiner Seite aus alles ohne irgendeine Kränkung für ihn. Ihn ärgert bloß dieser Unterschied zwischen seiner und meiner Administration. Einen größeren Gegensatz könnte es freilich auch nicht geben: Unter seiner Statthalterschaft ist die Provinz ⟨Kilikien⟩ ausgesogen worden durch hohe Kosten für Aufwand und Abgaben, während bei mir kein Pfennig eingefordert worden ist, weder für private noch für amtliche Zwecke. Was soll ich noch sagen über seine Präfekten, sein Gefolge, seine Legaten – über deren Räubereien, Übergriffe, empörende Misshandlungen! Nun aber gibt es wahrhaftig kein Hauswesen, das mit so viel Besonnenheit und Disziplin geleitet würde wie meine gesamte Provinz. Das erklären einige Freunde des Appius lachhafterweise so, dass ich mir nur auf seine Kosten einen guten Ruf verschaffen wolle. Und wenn ich mich anständig verhielte, dann nicht meines Ruhmes wegen, sondern um ihm Schimpf und Schande anzutun!

Wenn Appius selbst jedoch, wie ein Brief von Brutus an dich zu verstehen gibt, mir dankbar ist, so sehe ich das wahrlich nicht ungern. Aber ich gedenke dennoch eben an diesem Tage, an dem ich dies in der Morgenfrühe schreibe, eine ganze Reihe seiner unbilligen Akte und Verordnungen außer Kraft zu setzen.

Laodicea,
um den 13. Februar 50

An Appius Claudius Pulcher

Die Gesandten aus Appia haben mir einen ganzen Pakken völlig unberechtigter Beschwerden von dir eingehändigt ... Ich will dir alles einzeln darlegen, und du kannst feststellen, ob deine Beschwerden berechtigt waren oder nicht ...

Vom Freigelassenen des Lentulus, meinem Amtsdiener Pausanias, hörte ich, du habest dich bei ihm beklagt, dass ich dir nicht entgegengegangen sei. Natürlich, ich habe dich mit Missachtung gestraft, bin ich doch an Überheblichkeit gar nicht zu übertreffen! Dein Bote kam um die zweite Nachtwache zu mir und meldete, du werdest gegen Morgen in Iconium eintreffen, aber es sei unbestimmt, auf welchem Wege, es gibt ja zwei verschiedene Routen. Daraufhin habe ich dir auf dem einen Weg deinen guten Freund Varro, auf dem anderen meinen Pionierobersten Q. Lepta entgegengesandt. Beiden habe ich aufgetragen, mir sogleich Meldung zu machen, damit ich dir entgegengehen könne. Lepta kam eilends zurück und meldete mir, du seiest schon an meinem Standquartier vorbei. Ich machte mich unverzüglich auf nach Iconium. Das weitere weißt du ja selbst.

Wie hätte ich dich denn nicht begrüßen sollen, dich, Appius Claudius, den Imperator, nach alter Vätersitte, vor allem aber, was die Hauptsache ist, dich, einen Freund? Und dabei pflege ich mich doch bei solchen Anlässen weit zuvorkommender zu zeigen, als es mein Rang und meine Würde erfordern. Aber genug hiervon.

Auch folgendes sollst du gesagt haben, wie Pausanias berichtet: »Ja wie? Appius ging Lentulus zur Begrüßung entgegen, Lentulus dem Appius, Cicero aber wollte Appius nicht begrüßen!« – Ich bitte dich, gibst du etwas auf solch dummes Gerede, du, den ich für einen äußerst klugen, sehr gebildeten und höchst weltläufigen Mann halte, noch dazu von jener Verbindlichkeit, die bei den Stoikern zu Recht als Tugend gilt.

Meinst du etwa, das Appische oder das Lentulusmäßige gelten bei mir mehr als die Anzeichen echter Tüchtigkeit?

Auch als ich noch nicht im Besitz der Ehren war, die in den Augen der Menschen den meisten Glanz haben, hat mir euer bloßer Name doch niemals imponiert. Die Männer, die ihn euch hinterlassen haben, die galten mir als groß. Seit ich aber selbst die höchsten Ämter erlangt und sie so verwaltet habe, dass mir an Ehre und Ruhm nichts mehr zu fehlen scheint, da hoffte ich, zwar niemals über euch zu stehen, aber doch euch gleich zu sein. Nicht anders denkt wahrhaftig, wie ich weiß, C. Pompeius, den ich über die Menschen aller Zeiten, oder P. Lentulus, den ich noch über mich stelle.

Solltest du darüber anderer Meinung sein, so wäre es nicht verkehrt, wenn du dir ein wenig genauer ansähest, was ⟨der Philosoph⟩ Athenodor, der Sohn des Sando, über diese Dinge sagt, damit du echten Adel von Ahnenstolz zu unterscheiden lernst.

Um aber wieder auf die Sache zu kommen: Du sollst überzeugt sein, dass ich nicht nur freundliche, sondern höchst freundschaftliche Gefühle dir gegenüber hege. Mit allen meinen guten Diensten will ich dir den Beweis liefern, dass du dir sagen kannst, es sei wahrhaftig so ...

Bist du aber von Natur aus gerne mit Vorwürfen bei der Hand, so wirst du es zwar nicht erreichen, dass ich mich dir gegenüber unloyal verhalte, du wirst es aber so weit bringen, dass ich mir deine Reaktionen weniger zu Herzen nehme.

In diesem Brief habe ich mich dir gegenüber ziemlich freimütig geäußert; ich kann mich dabei auf meine dienstbereite und loyale Haltung dir gegenüber stützen, die ich aus sicherer Überzeugung eingenommen habe und so lange beibehalte, wie du Wert darauf legst.

Laodicea,
kurz nach dem 20. Februar 50

An Appius Claudius Pulcher

Da habe ich endlich wieder einen Brief zu lesen bekommen, der eines Appius Claudius würdig ist: voller Verbindlichkeit, Dienstbereitschaft und Aufmerksamkeit. Der Anblick Roms hat dir offensichtlich deine frühere Umgänglichkeit wiedergegeben. Denn die Briefe, die du von unterwegs, beim Aufbruch aus Kleinasien, an mich geschickt hast – der eine wegen einer von mir verhinderten Abreise der Gesandten, der andere wegen des nicht genehmigten Bauvorhabens in Appia – die habe ich höchst ungern gelesen. Im Bewusstsein meiner unverändert loyalen Haltung dir gegenüber habe ich dir etwas ärgerlich geantwortet.

Aber nach der Lektüre des Briefes, den du meinem Freigelassenen Philotimus mitgegeben hast, ist mir klar geworden, dass es da in der Provinz eine Menge Leute gab, denen unsere gute Beziehung zueinander nicht passte. Als du nun aber nach Rom zurückkehrtest, oder genauer, als du die Deinen wiedersahst, da erfuhrst du von ihnen, wie ich in deiner Abwesenheit in steter Aufmerksamkeit und Pflichttreue alle deine Belange wahrgenommen habe. So kannst du dir denken, wie es mich gefreut hat zu lesen, dass du zu Gegendiensten bereit bist, falls, obgleich nicht zu erwarten, irgendetwas einträte, das meine Ehre beträfe. Es wird dir nicht schwer fallen, denn was könnten Eifer und guter Wille, oder besser noch, herzliche Zuneigung nicht erreichen! ...

Es wäre mir lieb, wenn du mir von deiner versprochenen Gabe auch den Rest noch zukommen ließest. Ich bin bestrebt, das Auguralrecht kennen zu lernen, da habe ich natürlich besondere Freude an deinen Studien, mit denen du mich freundlicherweise bedenkst. Du erwartest eine Gegengabe von mir – ich muss mir überlegen, mit welcher Art von literarischer Produktion ich mich am besten revanchiere ...

Aber das werden wir schon sehen. Erfülle du nur dein Versprechen, wie es deiner Pflichttreue, Gewissenhaftigkeit und unserer nicht erst neu begründeten, sondern schon alt bewährten Freundschaft entspricht. Setze du dich bitte dafür ein, dass das Dankfest für mich möglichst bald und in möglichst ehrenvoller Form beschlossen wird.

Rom, 15. März 60

An Atticus

Das ist es, denke ich, was so in der Politik vorgeht. Was mich betrifft, so habe ich mir ja durch die Ereignisse des 5. Dezember ⟨63, die Zerschlagung der Verschwörung des Catilina⟩ einen – freilich mit Neid und allerhand Feindschaften verbundenen – außerordentlichen und unsterblichen Ruhm erworben. Seitdem bin ich ununterbrochen mit gleich hochherziger Gesinnung im Staat tätig und suche mir meine so erworbene und begründete Stellung weiterhin zu bewahren. Aber seit ich beim Freispruch des Clodius den Wankelmut und die Schwäche der Gerichte durchschaut habe, ferner sehen musste, wie leicht sich unsere Steuerpächter vom Senat trennen lassen – obwohl sie sich von mir nicht lossagten – wie weiterhin die feinen Herren, diese Fischteichbesitzer meine ich, deine Freunde, gar kein Hehl aus ihrer Missgunst mir gegenüber machen, da meinte ich doch, mir einen wirksameren Schutz und einen stärkeren Rückhalt suchen zu müssen.

Antium, Juni ⟨?⟩ 56

An Atticus

Na hör mal! Glaubst du wirklich, ich ließe meine Schriften lieber von jemand anderem lesen und begutachten statt von dir? Warum habe ich sie also jemand anderem eher geschickt? Weil der Betreffende mir keine Ruhe ließ, und weil ich keine Kopie hatte.

Aber weißt du, ich kaue schon lange an diesem Brokken, den ich doch endlich einmal herunterschlucken muss: Das scheint mir doch eine ziemlich peinliche Sache zu sein, meine Palinodie ⟨Absage an die Nobilität, Hinwendung zu Caesar⟩. Aber ich mache jetzt Schluss mit all den geraden, aufrechten und ehrenhaften politischen Entschlüssen. Unglaublich, wie perfide sie sind, diese führenden Persönlichkeiten: Das wollen sie sein und wären es auch, wenn es bei ihnen nur eine Spur von Treue und Verlässlichkeit gäbe. Ich habe es zu spüren bekommen, habe es selbst erfahren müssen, von ihnen verlockt, verraten und im Stich gelassen. Trotz allem war ich bereit zur gemeinsamen politischen Tätigkeit mit ihnen. Sie blieben die gleichen, die sie immer waren.

Jetzt bin ich endlich mit deiner Hilfe zur Einsicht gekommen. Du wirst einwenden, du habest mir nur geraten, wie ich mich verhalten, nicht aber, dass ich mich schriftlich festlegen solle. Ja, aber ich habe mir selbst den Zwang auferlegen wollen, bei dieser neuen Bindung zu bleiben, damit mir kein Rückweg offen steht zu denen, die mich selbst dann, wenn sie mir eigentlich ihr Mitgefühl beweisen müssten, nicht mit Neid und Missgunst verschonen.

Immerhin bin ich noch maßvoll geblieben bei meiner Apotheose, wie du es nanntest. Ich will noch stärker auftragen, wenn er ⟨Caesar⟩ es mit Wohlgefallen aufnimmt und die anderen die Nase rümpfen – die sich ärgern, dass ich eine Villa besitze ⟨das Tusculanum⟩, die vorher einem Catulus gehört hat. Wobei sie nicht daran denken, dass ich sie von Vettius gekauft habe. Und es hätte sich nicht gehört, sagen sie, dass ich mein Haus ⟨nach der Zerstörung durch Clodius⟩ wieder aufgebaut hätte; ich hätte das Grundstück verkaufen sollen – was geht denn sie das an?

Und wenn ich mich im Senat in ihrem Sinne äußerte, dann freuten sie sich bloß darüber, dass ich dadurch in

Gegensatz zu Pompeius geriet. Schluss damit! Da die, die nichts zu sagen haben, mich nicht lieben wollen, will ich mich darum bemühen, von denen geliebt zu werden, die das Sagen haben!

Du wirst meinen: »Ich wollte, du hättest das schon früher getan!« Ich weiß, dass du's wolltest, und ich bin ein rechter Esel gewesen. Doch nun ist's Zeit, dass ich mich selbst liebe, wenn ich sie einfach nicht dazu bringen kann ...

Rom, Juni 60

An Atticus

Und jetzt ist es so weit gekommen, dass ... unsere führenden Männer sich wie im Himmel vorkommen, wenn sie Fischlein in ihren Teichen haben, die ihnen aus der Hand fressen – um etwas anderes kümmern sie sich nicht.

Rom, 22. Januar 60

An Atticus

Da findet sich keiner, den man auch nur im Traum als Staatsmann bezeichnen könnte. Der einzige, der in Frage käme, unser Freund – so ist es nämlich, musst du wissen –, also Pompeius schützt sein Triumphatorengewand durch Schweigen. Crassus vermeidet jedes Wort, das Anstoß erregen könnte. Die übrigen kennst du ja: Sie sind so töricht, dass sie offenbar glauben, ihre Fischteiche blieben ihnen erhalten, wenn der Staat verloren ist.

Porträtkopf des Pompeius
Ny Carlsberg Glyptotek, Kopenhagen

Im Jahr 56

Rede für Sestius

Für den Angriff auf den Staat stehen wirksamere Waffen zur Verfügung als zu seiner Verteidigung. Bedenkenlose Leute und solche, die nichts zu verlieren haben, lassen sich nämlich durch einen bloßen Wink auf die Beine bringen und sind schon von sich aus aufsässig gegen die staatliche Ordnung. Die »Guten« aber sind – ich weiß nicht warum! – zu träge; sie beachten die Anfänge einer Entwicklung nicht und raffen sich erst in der äußersten Notlage auf. Während sie so ihre Ruhe auch ohne Ansehen behalten wollen, verlieren sie durch ihr Zaudern und ihre Trägheit nicht selten beides.

Im Jahr 56

Rede für Sestius

Du fragst mich, was das denn sei, meine »Optimatensippe« ... Wer gehört denn zu diesen »Besten«? Fragt man nach ihrer Zahl: Es sind unzählige, sonst könnten wir uns ja gar nicht halten. Es sind die Häupter des Staatsrates, es sind deren Anhänger, es sind Angehörige der oberen Stände, denen der Zugang zum Senat offen steht, es sind römische Bürger aus den Landstädten und Bauern, es sind Geschäftsleute, ja, sogar Freigelassene sind Optimaten.

VII

Die Meinen

Rom, 20. Januar 60

An Atticus

Ich bin so von aller Welt verlassen, dass ich nur Ruhe finde, wenn ich bei meiner Frau, meinem Töchterchen und dem süßen kleinen Cicero bin.

Brundisium, 25. November 50

An Atticus

Mich freut es, dass du Vergnügen an deinem Töchterchen hast und dass du auch der Ansicht bist, die Liebe zu den Kindern sei uns angeboren. Wenn das nicht so wäre, könnte es ja keine naturgegebene Bindung von Mensch zu Mensch geben, und damit wäre die menschliche Gemeinschaft überhaupt aufgehoben.

Thessalonike, 13. Juni 58

An Quintus Cicero

Mein Bruder! Mein Bruder! Mein Bruder! Wie – hast du wirklich befürchten können, ich hätte aus Zorn auf dich meine Boten ohne Briefe an dich abgehen lassen? Oder ich hätte dich ⟨beim Gang in die Verbannung⟩ gar nicht sehen wollen? Ich sollte böse auf dich sein? Wie könnte ich auf dich böse sein? Als ob du mich ins Unglück gestürzt hättest, als ob es deine Feinde waren, deine Missgunst – ich habe doch vielmehr dich elend gemacht!

Mein viel gepriesenes Konsulatsjahr hat mir dich, meine Kinder, das Vaterland, meine Existenz geraubt, dir aber, das wünsche und hoffe ich, nichts außer mir. Ich habe von dir immer nur Gutes und Schönes erhalten, du hast durch mich nun Trauer über mein Unglück und Furcht vor eigenem, Sehnsucht, Gram und Verlassenheit. Ich hätte dich nicht sehen wollen? Nein – ich wollte nicht, dass du mich siehst; du hättest nämlich nicht deinen Bruder gesehen, den Bruder, den du zurückließest, den du kanntest, der dir bei deiner Abreise ⟨in die Provinz⟩ das Geleit gab, den du selbst weinend unter Tränen von dir ließest, nein, keine Spur mehr von ihm, kein Abbild, sondern sozusagen das Bild eines lebenden Leichnams ...

Keine Weisheit noch Gelehrsamkeit besitzen genügend Kraft, um einen so großen Kummer erträglich zu machen. Ich weiß, es hat einen Zeitpunkt gegeben, wo es ehrenvoller und nutzbringender für mich gewesen wäre zu sterben. Aber nicht nur das, sondern auch vieles andere habe ich versäumt, doch wenn ich nun über Vergangenes jammern wollte, täte ich nichts anderes als deinen Kummer noch zu vermehren und mich selbst als töricht hinzustellen.

Was soll ich dir, lieber Bruder, meine Tochter – und damit auch deine – und unseren Cicero ans Herz legen? Es betrübt mich, dass ihre Verwaisung dir nicht weniger Kummer machen wird als mir, aber solange du uns erhalten bleibst, sind sie ja nicht verwaist.

Ich kann vor Tränen nicht weiter schreiben und hoffe nur, dass es noch eine Rettung für mich gibt und ich in der Heimat sterben darf. Bitte kümmere dich auch um Terentia und schreib mir über alles, was sich tut. Halte dich tapfer, so weit es die Umstände erlauben.

Dyrrhachium, 25. November 58

An Terentia, Tullia und Cicero jun.

Ich habe es vielfach schriftlich und allerseits mündlich erfahren, wie unglaublich tüchtig du bist und wie tapfer du dich hältst und dich weder von seelischen noch von körperlichen Leiden entmutigen lässt. Ich Unglücklicher – dass du, eine so tüchtige, treuerprobte, liebenswerte Frau meinetwegen in ein solches Unglück geraten musstest, und dass unsere Tulliola, die von ihrem Vater so viel Schönes empfing, durch ihn nun so viel Leid erdulden muss! Doch was soll ich erst von unserem kleinen Cicero sagen? Gerade beginnt er die Welt kennen zu lernen, da bekommt er schon bitterstes Leid und Elend zu spüren. Könnte ich das alles als »Schläge des Schicksals« auffassen, so wie du schreibst, dann würde ich es wohl leichter ertragen können.

Aber es ist alles meine Schuld – ich glaubte mich von denen geliebt, die mich doch nur beneideten, und ich hielt mich nicht zu denen, die mich zu gewinnen suchten. Wäre ich nur meinem eigenen Kopf gefolgt und hätte nicht so viel auf das Gerede törichter oder böswilliger Freunde gegeben, dann wären wir jetzt die glücklichsten Menschen.

Aber da uns die Freunde nun Hoffnung machen, will ich mich bemühen, dass du dich nicht auch noch um meinen Gesundheitszustand sorgen musst ... Die Seuche, die hier wütete, ist nun abgeklungen; ich blieb von ihr verschont ...

Du schreibst mir, meine Terentia, du wolltest dein Landgut verkaufen. Ach, ich Armer – ich beschwöre dich: Wo soll das hinführen? Wenn uns beide das gleiche Los trifft, was soll aus dem armen Jungen werden? Ich kann nicht mehr weiterschreiben, die Tränen überwältigen mich. Ich will dich nicht auch noch zum Weinen bringen, deshalb schreibe ich nur so viel: Wenn unsere Freunde auf Posten sind, dann wird es uns an Geld nicht fehlen. Wenn nicht, dann kannst du es mit deinem Geld auch nicht retten. Bei unserem elenden Schicksal: Sieh zu, dass wir den armen Jungen nicht vollends arm machen. Wenn ihm nur ein bisschen was bleibt, so dass er keinen Mangel leidet, dann ist nur ein Quäntchen Tüchtigkeit und Glück vonnöten, dass es wieder weiter geht.

Bleib gesund und schicke mir Kuriere, damit ich auf dem Laufenden bin, wie meine Sache steht und wie es euch geht. Ich brauche in jedem Falle nicht mehr lange auf eine Entscheidung zu warten.

Grüße Tulliola und Cicero – lebt wohl.

Dyrrhachium, 29. November 58

An Terentia

Du schreibst, du würdest zu mir kommen, wenn ich es wünsche. Ich weiß aber, dass die Hauptlast auf deinen Schultern liegt, und daher möchte ich lieber, du bleibst dort. Wenn ihr mit euren Bemühungen Erfolg habt, dann ist es geboten, dass ich zu euch komme. Wenn nicht – doch dazu brauche ich nichts weiter zu schreiben ...

Sorge dafür, dass du gesund bleibst, und sei überzeugt, dass ich nichts Lieberes auf der Welt hatte und habe als dich! Leb wohl, meine Terentia – ich meine, ich sehe dich vor mir, und so fließe ich hin in Tränen. Leb wohl.

Thessalonike, 13. Juni 58

An Quintus Cicero

Wie soll ich es ertragen, dass ich gleichzeitig auch noch sie vermissen muss – meine Tochter, mit ihrer liebevollen Art, ihrem angenehmen Wesen, ihrer Klugheit: Sie ist doch im Gesichtsausdruck, in ihrer Rede und in ihrem Wesen ganz mein Ebenbild!

Rhodos, um den 11. August 50

An Atticus

Während ich hier in der Provinz alles tue, um Appius Ehre zu erweisen, bin ich auf einmal der Schwiegervater seines Anklägers ⟨Cornelius Dolabella⟩ geworden. Du wirst sagen: »Mögen die Götter ihren Segen dazu geben!« Ja, das wünsche ich, und ich weiß, dass es auch dir am Herzen liegt. Aber glaube mir, ich hätte nichts weniger erwartet. Ich hatte doch wegen Tiberius Nero ⟨dem späteren ersten Gatten der Kaiserin Livia⟩, der an mich herangetreten war, schon bestimmte Leute zu meinen Damen gesandt. Aber als sie in Rom eintrafen, war die Verlobung schon perfekt. Nun, ich kann nur hoffen, dass es so das Bessere ist. Die Damen sind jedenfalls, wie ich sehe, ganz hingerissen von der zuvorkommenden und gefälligen Art des jungen Mannes. Über das Weitere wollen wir uns keine grauen Haare wachsen lassen.

Side, 3./4. August 50

An Caelius

Ich freue mich, dass Dolabella von dir Lob erhält und auch deine Sympathie genießt. Du gibst der Hoffnung Ausdruck, dass da einiges durch die kluge Art meiner Tullia ins Lot gebracht würde – ich weiß schon, worauf du in deinem Brief da anspielst. Du könntest auch meinen lesen, den ich seinerzeit auf deinen Brief hin an Appius geschrieben habe. Aber was willst du machen? So ist das Leben. Es ist nun geschehen, und die Götter mögen ihren Segen dazu geben. Ich hoffe, einen mir genehmen Schwiegersohn zu bekommen, wozu deine Liebenswürdigkeit ihm gegenüber ein Gutteil beitragen wird.

Bei Pontius auf dem Trebulanum,
9. Dezember 50

An Atticus

Was bleibt noch übrig? Ach ja: Mein Schwiegersohn ⟨Dolabella⟩ ist liebenswürdig zu mir, zu Tullia und Terentia; er hat einen guten Kopf und eine feine Lebensart. Das Übrige – du weißt schon – das müssen wir eben hinnehmen.

Rom, 5. Dezember 61

An Atticus

Wie schwankend und widersprüchlich mein Bruder in seinen Meinungen, Ansichten und Urteilen ist, das ersehe ich deutlich aus deinem Schreiben, dem du Abschriften von Briefen meines Bruders beigelegt hast.

Da ihr mir beide so sehr am Herzen liegt, macht mir das auch entsprechenden Kummer, und ich möchte bloß wissen, was da passiert ist, was meinen Bruder Quintus so sehr verletzt oder einen solchen Stimmungsumschwung bei ihm hervorgerufen hat ...

Wo die Schuld für diese ganze Misere zu finden ist, das vermag ich mir zwar zu denken, aber ich kann dir's nicht schreiben. Ich befürchte nämlich, während ich *die Meinen* verteidige, verfahre ich nicht schonend gegen die Deinen.

Minturnae, 5./6. Mai 51

An Atticus

Nun komme ich zu deiner abschließenden Randbemerkung, in der du mir einen Wink gibst wegen deiner Schwester ⟨Pomponia, der Gattin von Ciceros Bruder Quintus⟩. Also damit steht es folgendermaßen: Gleich nach meiner Ankunft auf dem Arpinum kam mein Bruder, wir unterhielten uns gleich, und es war viel von dir die Rede. Dabei kam ich auf das, was wir, du und ich, auf dem Tusculanum über deine Schwester gesprochen hatten. Und dann war mein Bruder so mild und versöhnlich gegen deine Schwester – so etwas habe ich überhaupt noch nicht erlebt. Wenn es da eine Verstimmung gab wegen ihrer übertriebenen Ausgaben, dann war jedenfalls nichts davon zu merken. So ging es an diesem Tag, am nächsten reisten wir vom Arpinum ab.

Wegen des Feiertags blieb Quintus auf dem Arcanum; ich begab mich auf das Aquinum, wir trafen uns aber zu einem zweiten Frühstück auf dem Arcanum – du kennst das Gut ja. Als wir dort ankamen, sagte Quintus in aller Freundlichkeit zu Pomponia: »Pomponia, lade du die

Frauen ein, ich hole die jungen Männer her!« Freundlicher in Wort, Gesinnung und Miene konnte er überhaupt nicht sein, das war jedenfalls mein Eindruck. Aber sie sagte so laut, dass wir es alle hören mussten: »Ich bin hier ja selbst nur Gast!« Und das vermutlich, weil Statius vorausgegangen war, um nach dem Frühstück für uns zu sehen. Darauf Quintus zu mir: »Da siehst du's – so geht's mir tagaus, tagein.« – Du wirst sagen: »Ich bitte dich, das heißt doch nichts!« O doch – ich war selbst ganz betroffen, so schroff und unfreundlich war ihre Reaktion in Wort und Miene.

Ich ließ mir meine schmerzliche Empörung nicht anmerken. Wir gingen alle zu Tisch – ohne sie. Doch Quintus ließ ihr Essen bringen – sie wies es zurück. Was willst du noch? Mein Bruder erschien mir als ein Muster von Sanftheit, deine Schwester als die Schroffheit in Person. Dabei übergehe ich noch so allerhand, was mich damals mehr ärgerte als Quintus selbst.

Ich ging von dort auf das Aquinum, Quintus blieb auf dem Arcanum, kam dann am nächsten Morgen zu mir aufs Aquinum und erzählte mir, sie hätte nicht bei ihm schlafen wollen und sei beim Weggehen gerade so gewesen, wie ich sie erlebt hätte. Was also noch? Vielleicht könntest du ihr sagen, sie habe an diesem Tage meiner Meinung nach jegliche Herzlichkeit vermissen lassen.

Ich habe dir gegenüber nun vielleicht mehr Worte gemacht als nötig – damit du siehst, dass es auch deine Aufgabe ist, hier ein mahnendes Wort zu sprechen.

Tarsus, 29. Juli 50

An Atticus

Der junge Quintus hat in ganz liebevoller Weise seinen Vater mit deiner Schwester versöhnt, nicht ohne mein häufiges Zureden, aber er war von sich aus schon eifrig bemüht. Dein Brief hat ihn sehr beeindruckt. Kurzum, ich bin zuversichtlich, dass alles in unserem Sinne geht.

Laodicea, 20. Februar 50

An Atticus

Die beiden jungen Ciceros ⟨Sohn und Neffe⟩ sind sehr herzlich miteinander; sie studieren, trainieren, doch ist es, wie Isokrates von ⟨seinen Schülern⟩ Ephoros und Theopomp sagte: Der eine braucht den Zügel ⟨Quintus⟩, der andere die Sporen.

Puteoli, 26 April 44

An Atticus

Gehe ich, wie ich ursprünglich beabsichtigte, als Legat nach Griechenland . . . so käme dies auch meinen privaten Plänen entgegen, denn es ist, denke ich, sehr von Nutzen, wenn ich dorthin käme, um meinen Cicero bei seinen Studien zu bestärken.

Ende Oktober 44

An Marcus Tullius Cicero jun.

Mein lieber Sohn Marcus!

Seit einem Jahr studierst du nun bereits bei ⟨dem Peripatetiker⟩ Kratippos, und noch dazu in Athen: Da hast du natürlich philosophische Lehren und Grundsätze in reicher Fülle, denn dein Lehrer wie auch die Stadt bieten dir die besten Vorbilder: Er kann dich durch seine Gelehrsamkeit und sein Wissen fördern, die Stadt aber durch ihre Denkmäler vom Leben und Wirken großer Männer.

Ich habe ja nun durchaus zu meinem Nutzen stets das Lateinische mit dem Griechischen verbunden, und das nicht nur in der Philosophie, sondern auch in der rhetorischen Übung. So musst du es meiner Meinung nach auch machen, damit du für beide Gebiete die gleiche Befähigung hast. Hierin habe ich, wie ich wohl sagen darf, meinen Mitbürgern große Dienste geleistet, so dass nicht nur die im Griechischen Unkundigen, sondern auch die Gebildeten glauben, mir einiges zu verdanken, was die Redefähigkeit wie auch das Urteil in philosophischen Fragen angeht.

Daher lerne du nur von deinem Lehrer, der ein führender Kopf in der Philosophie unseres Zeitalters ist, und lerne, solange du Lust hast, das heißt, solange du Freude an deinen Fortschritten hast. Wenn du auch meine Schriften liest – die von den Peripatetikern nicht sehr abweichen, denn sie und ich, wir wollen ja beide Sokratiker wie Platoniker sein –, da bilde dir über die philosophischen Fragen nur dein eigenes Urteil; daran will ich dich keineswegs hindern. Du wirst aber, wenn du dazu meine Werke liest, auf jeden Fall eine größere Ausdrucksfähigkeit im Lateinischen erreichen. Fasse das bitte nicht als anmaßende Äußerung auf. Philosophisches Wissen räume ich vielen ein; was aber die eigene Domäne des Redners angeht, nämlich passend, angemessen, klar und deutlich und mit rednerischem Schmuck zu sprechen, so nehme ich dafür doch wohl zu Recht einige Sachkenntnis für mich in Anspruch, schließlich habe ich mein ganzes Leben diesen Zielen gewidmet.

Daher mahne ich dich eindringlich, mein Cicero: Lies nicht nur meine Reden, sondern auch meine philosophischen Schriften, die die anderen an Umfang schon beinahe erreicht haben. Der größere Schwung ist natürlich in den Reden zu finden, aber man muss auch diesen ausgeglichenen und gemäßigten Stil pflegen.

Ende Oktober 44

An Marcus Tullius Cicero jun.

Da ich mir nun aber vorgenommen hatte, dir zum gegenwärtigen Zeitpunkt etwas zu schreiben – weiteres soll später noch folgen –, da wollte ich am liebsten mit einem Thema beginnen, das deinem Alter und meiner väterlichen Führung entspricht. Die Philosophie hat eine Fülle schwerwiegender und lohnender Fragen scharfsinnig und eingehend behandelt. Dabei finden ihre Überlieferungen und Lehrsätze über die Pflichten des Menschen wohl die weiteste Anwendung. Denn es gibt keine Seite des menschlichen Lebens, weder des öffentlichen noch des privaten, sei es auf dem Forum oder zu Hause, im persönlichen Handeln oder im Verkehr mit anderen, wo die Pflicht nicht ihren Platz hätte. Wenn wir sie erfüllen, hat unser Leben eine schöne und ehrenwerte Form, wenn wir sie außer Acht lassen, ist es missgestaltet. Daher wird die Lehre von den Pflichten in allen Philosophenschulen behandelt.

Ende Oktober 44

An Marcus Tullius Cicero jun.

Hiermit erhältst du nun ein Geschenk von deinem Vater, mein lieber Sohn Marcus, das meiner Meinung nach wichtig ist, dessen Wert für dich aber davon abhängt, was du daraus machst. Obgleich du ja schon deine Aufzeichnungen aus den Vorlesungen des Kratippos hast, solltest du nun auch noch diese drei Bücher über die Pflichten als Gäste bei dir aufnehmen ... Wenn ich aber sehe, dass du an dieser Art von Wissen und Erkenntnis Freude hast, werde ich mich mit dir in nächster Zeit, wie ich hoffe, ⟨in Athen⟩ persönlich unterhalten. Solange wir aber getrennt sind, unterhalte ich mich in Abwesenheit schriftlich mit dir.

Leb wohl, mein Cicero, sei versichert, dass du mir das Liebste bist, aber viel teurer wirst du mir noch werden, wenn du an dieser meiner Schrift mit ihren Anweisungen und Lehren deine Freude hast.

Tusculanum, 23. Mai 45

An Atticus

An Cicero hast du so streng und zugleich maßvoll geschrieben, ganz so, wie ich es mir selbst nicht besser wünschen könnte.

Astura, 11. Juni 44

An Atticus

Endlich ein Kurier von meinem Cicero – und, alle Wetter, was für ein geschliffener Stil –, das zeigt doch, dass er Fortschritte macht! Ebenso schreiben die anderen recht positiv, nur ⟨sein Lehrer⟩ Leonides bleibt bei seinem: »So wie es augenblicklich steht.« Herodes dagegen lobt ihn in höchsten Tönen. Was soll's? Selbst wenn sie nur Worte machen, hierbei lasse ich mir's gefallen und tue gern so, als ob ich daran glaube.

Astura, 14. Juni 44

An Atticus

Ich bin dir riesig dankbar, dass du versprichst, dem jungen Cicero solle es an nichts fehlen. Messalla, der von dort kommt und mich von Lanuvium aus besucht hat, berichtet mir wahre Wunderdinge von ihm, und wahrhaftig, sein eigener Brief ist so liebevoll und stilistisch so durchgeformt, dass ich es wagen könnte, ihn bei einer Lesung vorzutragen. Desto mehr müssen wir, meine ich, ihm gegenüber großzügig sein.

Brundisium, 3. Januar 47

An Atticus

So gerate ich von allen Seiten in Bedrängnis: Ich kann es kaum noch ertragen, nein, ich halte es einfach nicht mehr aus. In dieser Misere ⟨infolge des Bürgerkrieges⟩ steht eines allen voran: dass ich die Ärmste ⟨Tullia⟩ ihres Vaters, ihres Erbes und all ihrer Güter beraubt allein zurücklassen muss. Deshalb möchte ich dich unbedingt sehen, wie du es versprochen hast.

Ich habe doch sonst keinen, dem ich sie anvertrauen könnte, da ja der Mutter meiner Voraussicht nach das gleiche bevorsteht wie mir. Doch falls du mich hier nicht mehr antreffen solltest, dann sollst du dich dennoch zu ihrem Schutz berufen wissen und, so gut du kannst, ihren Onkel ihr gegenüber besänftigen.

Das schreibe ich dir an meinem Geburtstag. Ach, hätte mich meine Mutter doch nie empfangen, oder hätte sie keinen zweiten Sohn nach mir geboren!

Ich kann vor Tränen nicht weiterschreiben.

Brundisium, 21. Januar 47

An Atticus

Meine kaum vorstellbaren Kümmernisse sind noch vermehrt durch einen neuen Gram, und zwar durch die Nachrichten, die mir über Quintus Vater und Sohn zugetragen wurden.

Einer meiner Freunde, P. Terentius, ... hat den jungen Quintus am 8. Dezember in Ephesus getroffen und ihn unserer Freundschaft wegen herzlich eingeladen. Er fragte ihn dann nach mir, und Quintus hat ihm, wie er erzählt, in dem Sinne geantwortet, dass er mit mir völlig zerstritten sei. Und er habe ihm das Manuskript einer Rede gezeigt, die er vor Caesar gegen mich zu halten gedenke. Er, Terentius, habe sich nachdrücklich gegen eine solche Wahnsinnsidee gewandt. Ebenso bösartig habe sich nachher in Patras der Vater Quintus ihm gegenüber ausgelassen. Seine Tollheit hast du ja aus den Briefen, die ich dir zusandte, erkennen können.

Das macht auch dir Kummer, ich weiß es, aber mich peinigt es zutiefst, zumal ich wohl keine Gelegenheit haben werde, die beiden zur Rede zu stellen ...

Wo könnte ich Ruhe finden, außer wenn ich deine Briefe lese? Sie kämen sicher häufiger, wenn du etwas hättest, womit du meine Trübsal glaubtest lindern zu können. Aber bitte – hör nicht auf, mir zu schreiben, was es auch sei.

Und wenn du auch diejenigen, die mich in so grausamer Weise anfeinden, nicht hassen kannst, dann mach ihnen wenigstens Vorwürfe. Auch wenn du damit nichts erreichst, sollen sie doch wenigstens merken, dass du mich liebst und schätzt.

Ich schreibe mehr, sobald ich deine Antwort auf meinen letzten Brief habe.

Brundisium, 8. März 47

An Atticus

Er da in Griechenland hört nicht auf, über mich herzuziehen; dein Brief hat offenbar nichts genützt. Leb wohl!

Brundisium, 10. Juli 47

An Terentia

In meinem letzten Brief habe ich wegen der Scheidung ⟨Tullias von Dolabella⟩ geschrieben; ich weiß jedoch nicht, wie viel der da ⟨Dolabella⟩ im Augenblick zu sagen hat und wie es mit seinem Gesetz zur Aufwiegelung der Massen steht. Falls er zu fürchten ist, wenn man ihn reizt, dann halte lieber still. Doch rührt er sich vielleicht von sich aus. Beurteile du, wie das Ganze läuft, und was du in dieser üblen Lage für das kleinere Übel hältst, das tue.

Brundisium, 12./13. Juni 47

An Atticus

Diesen Brief gebe ich fremden Kurieren mit, die es eilig haben; er ist deshalb so kurz, und auch weil ich im Begriffe bin, meine eigenen zu entsenden.

Meine Tullia ist am 12. Juni hier eingetroffen und hat mir sehr viel erzählt von deinem Entgegenkommen und deiner Güte gegen sie. Auch hat sie mir drei Briefe mitgebracht. Aber mir hat ihr charakterfestes, liebenswürdiges und kindlich ergebenes Wesen gar nicht die Freude bereitet, wie ich sie doch bei diesem Musterbild einer Tochter haben müsste. Nein, es hat mich mit unsäglichem Schmerz erfüllt, dass sich ein solch großartiges Wesen in einer so elenden Lage befinden muss, und das ohne irgendwelches eigenes Verfehlen, sondern ganz und gar durch meine Schuld ⟨durch Parteinahme für die besiegte Partei im Bürgerkrieg⟩.

Daher erwarte ich auch keinen Trost mehr von dir, den du, wie ich sehe, gerne spenden möchtest, und auch keinen Rat, denn hier gibt's nichts zu raten. Dass du alles versucht hast, sowohl in deinen früheren Briefen wie auch jetzt wieder in dem letzten, das weiß ich wohl.

Brundisium, 3. Juni 47

An Atticus

Zum Schluss möchte ich dich noch um Folgendes bitten, wenn du es für richtig hältst und es übernehmen willst: Setze dich doch bitte mit ⟨meinem Rechtsberater⟩ Camillus in Verbindung, um Terentia wegen des Testaments zu mahnen. Die Zeiten machen es erforderlich; sie muss sehen, dass sie denjenigen Genüge tut, denen sie es schuldig ist. Von Philotimus hört man, dass sie geradezu skandalöse Dinge ins Werk setzt. Es ist kaum zu glauben, aber wenn da etwas dran ist, was immerhin möglich wäre, dann müsste man auf jeden Fall dagegen Vorsorge treffen.

Bei Venusia, 1. Oktober 47

An Terentia

Auf das Tusculanum komme ich wahrscheinlich am 7. oder einen Tag später. Dass dann dort alles bereit ist! Es kommen nämlich vielleicht mehrere Leute mit mir, und ich nehme an, dass wir länger dort bleiben. Wenn keine Wanne im Bad ist: dass eine beschafft wird. Ebenso alles übrige, was man zum Leben und Wohlbefinden braucht.

Leb wohl!

Brundisium, 14. Juni 47

An Atticus

Ich bin am Überlegen, ob ich meinen Cicero . . . zu Caesar schicken soll. Was Tullia angeht, so sehe ich keinen Grund, warum ich sie länger hier bei mir in unserer gemeinsamen Trübsal behalten soll. Daher will ich sie zu ihrer Mutter zurückschicken, sobald sie selbst damit einverstanden ist.

Rom, Ende Januar 45

An Lepta

Mich hält hauptsächlich die bevorstehende Niederkunft meiner Tullia hier in Rom. Sie ist zwar, so hoffe ich jedenfalls, kräftig genug, aber ich will doch noch bleiben, bis ich von den Beauftragten Dolabellas die erste Rate ⟨der Mitgift, die nach der Scheidung zurückzuzahlen war⟩ erhalten habe.

Leucas, 7. November 50

An Tiro

Dein Brief, lieber Tiro, hat in mir ein Auf und Ab der Gefühle erregt: Die erste Seite machte mich sehr besorgt, die zweite beruhigte mich wieder etwas. Es steht für mich auf jeden Fall fest, dass für dich weder eine Weiterreise zur See noch zu Land in Frage kommt, bevor du nicht völlig auskuriert bist. Ich sehe dich früh genug, wenn ich dich ganz genesen wiedersehe.

Dein Arzt hat einen guten Ruf, so schreibst du, und ich habe das Gleiche gehört. Mit seinen Verordnungen bin ich freilich nicht so ganz einverstanden: Bouillon hätte er dir nicht verabreichen dürfen, wenn du es mit dem Magen hast. Ich habe an ihn aber eingehend geschrieben, ebenso auch an Lyson. Einen langen Brief habe ich auch an Curius geschrieben, er ist ein sehr angenehmer Mensch, höchst gefällig und höchst liebenswürdig. Ich habe ihn gebeten, er möchte dich, falls du damit einverstanden bist, bei sich aufnehmen. Unser guter Lyson ist nämlich, fürchte ich, etwas leichtherzig, einmal weil eben alle Griechen so sind, zum andern, weil er mir auf meinen Brief überhaupt nicht geantwortet hat. Doch du lobst ihn, also sieh du zu, wie du dich entscheidest.

Nur um eines bitte ich dich, lieber Tiro: Scheue keine Kosten bei allem, was für deine Genesung notwendig ist. An Curius habe ich geschrieben, er solle dir zur Verfügung stellen, was du verlangst. Auch dem Arzt muss man etwas geben, damit er sich noch mehr bemüht.

Unzählbar sind die Dienste, die du mir erweist: bei meinen Aufgaben zu Hause, auf dem Forum, in der Stadt, in der Provinz, bei geschäftlichen und politischen Angelegenheiten, bei meinen Studien und meinen literarischen Arbeiten. Alles wirst du aber noch übertreffen, wenn ich dich, wie ich hoffe, heil und gesund wiedersehe.

Am besten wirst du wohl, denke ich, wenn es dir entsprechend gut geht, mit meinem Quästor Mescinius zusammen reisen. Er ist ein angenehmer Mensch und schätzt dich, glaube ich, sehr. Aber kümmere dich zuallererst gründlich um deine Gesundheit, mein lieber Tiro, dann erst darfst du an eine Seereise denken. Ich will dich unter keinen Umständen dabei drängen – mir geht es nur darum, dass du wiederhergestellt bist.

Du musst das so sehen, mein Tiro: Jeder, der mich liebt, liebt zugleich auch dich, und nicht nur dir und mir liegt es am Herzen, dass du wieder gesund wirst – es gibt viele, die sich darum sorgen. Da du mich niemals ohne deine Hilfe lassen wolltest, konntest du bis jetzt noch nie etwas für deine Erholung tun. Jetzt hält dich nichts ab. Lass alles sein, lebe nur für deine Gesundheit! Alle Sorge, die du auf deine Genesung verwendest, werde ich als Zeichen deiner Liebe zu mir einschätzen.

Leb wohl, mein Tiro, leb wohl, leb wohl und werde gesund! Lepta sendet dir auch gute Wünsche und ebenso alle hier.

Formiae, 16. Dezember 50

An Atticus

Tiros Gesundheitszustand macht also auch dir Sorgen. Mir ist er, wenn er gesund ist, von unschätzbarem Nutzen sowohl bei all meinen Geschäften wie bei meinen Studien. Dennoch wünsche ich mir seine Gesundung noch mehr wegen seines liebenswürdigen und bescheidenen Wesens als wegen der Dienste, die er mir leistet.

VIII

Ich sollte nicht trauern – wie könnte man das?

Astura, 8. März 45

An Atticus

Du möchtest, dass ich mich von meiner Trauer ⟨über Tullias Tod⟩ wieder erhole, und du meinst es gut, wie immer. Aber du bist selbst Zeuge, dass ich es nicht an mir fehlen ließ. Es gibt nichts, was von irgendjemand über die Linderung der Trauer geschrieben wurde, was ich nicht bei dir daheim gelesen habe. Doch der Schmerz macht alle Trostgründe zunichte. Ja ich habe sogar etwas unternommen, was vor mir sicher noch niemand tat: Ich habe eine Trostschrift an mich selbst verfasst. Ich schicke dir das Buch, wenn die Kopisten es abgeschrieben haben. Es gibt keinen wirksameren Trost, das versichere ich dir. Ganze Tage schreibe ich, nicht damit ich dadurch etwas gewinne, doch es lenkt mich eine Weile ab. Freilich nicht genug – der Schmerz ist übermächtig –, aber ich erhole mich doch dabei und bin nach Kräften bemüht, wenn nicht den Geist, so doch meine Miene soweit wie möglich in Fassung zu bringen. Wenn ich das tue, komme ich mir bisweilen vor, als beginge ich ein Unrecht; bisweilen glaube ich auch wieder, es sei unrecht, wenn ich es nicht tue.

Die Einsamkeit hilft mir etwas, aber sie würde mir noch mehr helfen, wenn du sie mit mir teilen würdest.

Astura, 9. März 45

An Atticus

In dieser Einsamkeit bin ich ohne jegliche Zwiesprache, und wenn ich mich am frühen Morgen in das düstere Waldesdickicht verkrochen habe, komme ich vorm Abend nicht mehr zum Vorschein. Nächst dir ist mir nichts so lieb wie die Einsamkeit. In ihr rede ich nur mit meinen Büchern, aber auch hierbei unterbricht mich oft ein Tränenstrom. Ich kämpfe dagegen an, soweit ich es vermag, aber ich kann ihn bis jetzt noch nicht bemeistern.

Astura, 11. März 45

An Atticus

Es geht um die Grabkapelle ⟨für Tullia⟩, über die du dir bitte so viele Gedanken machen sollst, wie ich dir lieb und wert bin ... Vielleicht reißt das meine Wunden wieder auf, aber ich fühle mich wie durch ein Gelübde oder ein Versprechen gebunden. Und der Gedanke an die Länge der Zeit, in der ich nicht mehr bin, bewegt mich mehr als der an die jetzige kurze Zeitspanne, obwohl sie mir noch viel zu lang erscheint. Dabei habe ich alles versucht, um Trost und Ruhe zu finden, aber vergebens.

Astura, 10. Mai 45

An Atticus

Du schreibst da etwas von Clodia. Wo ist sie also, oder wann kommt sie? Das Objekt gefällt mir so gut wie nichts sonst, außer Othos Grundstück. Aber ich glaube, sie verkauft nicht; sie hat Freude an diesem Besitz und hat auch Geld genug. Wie schwierig es mit dem anderen Objekt ist, weißt du selbst. Aber ich beschwöre dich, lass uns alles aufbieten, dass wir einen Weg zur Erfüllung meiner Wünsche finden.

Astura, 19. März 45

An Atticus

Wenn es mit dem Gartengrundstück jenseits des Tiber nichts wird, so hat Cotta noch eines bei Ostia an einem belebten Ort. Es ist freilich nur klein, aber für unseren Zweck mehr als ausreichend. Bitte überlege es dir. Und hab nur keine Angst wegen der Preise für diese Gartengrundstücke. Ich brauche kein Silbergeschirr mehr, keine Teppiche, keine schön gelegenen Villen wie einst: Nur dies eine brauche ich noch.

Astura, 19. März 45

An Atticus

Es ist aus mit mir, Atticus, es ist aus, in Wirklichkeit schon längst, aber jetzt gebe ich es selbst zu, nachdem ich das einzige, was mich noch gehalten hat, verloren habe. So suche ich die Einsamkeit, aber wenn mich doch etwas zu dir führt, werde ich mir Mühe geben – wenn ich's nur kann, aber ich werde es können –, dass außer dir keiner meinen Schmerz spürt, und wenn es irgend möglich ist, selbst du nicht.

Astura, 9. Mai 45

An Atticus

Wie du schreibst, fürchtest du, mein Einfluss und mein Ansehen könnten durch meine Trauer eine Einbuße erleiden. Ich weiß wahrhaftig nicht, was die Leute mit ihrem Tadel oder ihren Forderungen wollen. *Ich sollte nicht trauern? Wie könnte man das?* Ich soll nicht völlig niedergeschlagen sein? Das bin ich ganz und gar nicht! Während ich Linderung in deinem Haus suchte – wen habe ich da abgewiesen? Wer kam und war mir lästig?

Von dir aus bin ich nach Astura gereist: Diese unbedarften Gemüter, die mich tadeln, können gar nicht so viel lesen, wie ich geschrieben habe! Wie gut oder schlecht, darauf kommt es hier nicht an; solche Themen kann jedenfalls keiner behandeln, der ganz und gar am Boden ist . . .

Wenn ich wieder nach Rom komme, wird niemand an meiner Miene oder meiner Redeweise etwas auszusetzen haben. Meine Heiterkeit freilich, mit der ich diese traurigen Zeiten etwas aufzuhellen suchte, die habe ich für immer verloren; eine standhafte, feste Haltung aber, sowohl dem Geist wie dem Wort nach, wird niemand bei mir vermissen.

IX
Ich kannte mich selbst noch nicht

Actium, 14. Juni 51

An Atticus

Heute, am 14. Juni, bin ich in Actium angekommen ... Ich möchte von hier aus lieber zu Lande weiterreisen, denn die Seereise war äußerst unbequem. Um Kap Leukas herumzufahren scheint mir auch beschwerlich; auf einem kleinen Schnellsegler aber ohne meinen Tross in Patras anzukommen, entspricht wohl nicht meiner Würde ⟨als Provinzstatthalter⟩.

Ich halte mich an meinen Vorsatz, in dem du mich ja des öfteren bestärkt hast: Tag für Tag bin ich darauf bedacht, halte meine Leute dazu an und erreiche es wohl auch endlich, dass ich nämlich in äußerster Anspruchslosigkeit und Uneigennützigkeit meine außerordentliche Aufgabe hier durchführe.

Wenn nur der Parther ⟨die östliche Großmacht⟩ Ruhe hält und das Glück mir zur Seite steht! Ich will schon das Meine dazutun.

Athen, 6. Juli 51

An Atticus

Dass mir ja mein Provinzkommando nicht verlängert wird – bei allen guten Göttern! Sorge dafür, solange du in Rom bist, soweit es nur möglich ist. Ich kann gar nicht sagen, wie in mir die Sehnsucht nach der Hauptstadt brennt; ich halte es kaum aus hier in dieser Langweiligkeit ...

Meine Reise durch Griechenland bis hierher hat größte Bewunderung erregt, und ich kann mich bisher auch, Gott sei Dank, über keinen von meinen Leuten beklagen. Offenbar sind sie sich im Klaren, worum es mir geht und wie sie sich auf der Reise zu verhalten haben: Sie tun alles für meinen guten Ruf. Und das wird sicherlich auch so bleiben, dem Sprichwort getreu: »Wie der Herr ...«

Im Feldlager in Kilikien,
kurz vor dem 26. Juni 50

An Caelius Rufus

Die Stadt, die Stadt, mein Rufus! Schätze sie hoch und freu dich, dass du in ihrem Glanze leben darfst! Alles Leben in der Fremde – das war meine Überzeugung von Jugend auf – ist düster und niederdrückend für diejenigen, die sich in Rom mit ihrer Tatkraft ein glänzendes Ansehen verschaffen können.

Das wusste ich gut genug – wäre ich doch bei meiner Überzeugung geblieben! Ein einziger kleiner Spaziergang, ein Gespräch mit dir – damit lassen sich bei Gott die ganzen Früchte meiner Provinzverwaltung nicht vergleichen! Ich hoffe, ich habe mir den Ruhm der Uneigennützigkeit und Unbestechlichkeit erworben. Der wäre freilich nicht geringer, wenn ich auf die Provinz verzichtet hätte, als nun, da ich sie vorbildlich verwaltet habe.

Laodicea, 20. Februar 50

An Atticus

Caelius hat mir einen seiner Freigelassenen geschickt mit einem ausführlichen Brief wegen der Panther ⟨für seine Spiele als Ädil⟩ und dass ich ihm von den Gemeinden hier Geld verschaffen soll. Ich habe ihm geantwortet, ich bedauerte es sehr, dass ich hier im Verborgenen wirke und man in Rom nichts davon gehört hat, dass in meiner Provinz außer zum Schuldenausgleich kein Heller verausgabt werde. Und ich habe ihm klar gemacht, ich könne es mir nicht erlauben, mir Geld zu verschaffen, und er sich nicht, welches anzunehmen. Und ich habe ihn, so lieb er mir ist, ermahnt, in einem Punkt, wo er anderen Vorwürfe mache, selbst etwas zurückhaltender zu sein. Was aber das andere angehe, so vertrage es sich nicht mit meinem guten Ruf, dass die Einwohner von Cibyra auf meinen Befehl eine Staatsjagd abhalten müssten.

Laodicea, 4. April 50

An Caelius Rufus

Was die Panther betrifft, so sind die Männer, die sich auf eine solche Jagd verstehen, in meinem Auftrag eifrig bei der Arbeit. Aber es gibt erstaunlich wenige, und die wenigen beklagen sich angeblich bitter, dass sie die einzigen in meiner Provinz sind, die man nicht in Ruhe lässt. Deshalb sollen sie beschlossen haben, aus meiner Provinz nach Karien auszuwandern.

Kleinasiatischer Leopard,
nach Cicero »Pardus panthera tulliana« benannt
Fotografie von Hans Kumerloeve

Laodicea, Anfang Mai 50

An Caelius Rufus

Mit der Rechtsprechung bin ich fertig, ich habe die Gemeinden bereichert, den Steuerpächtern auch die Rückstände aus dem letzten Zeitraum ohne irgendwelche Beschwerden der Bevölkerung sichergestellt und habe mich bei den Privatleuten, Hoch und Niedrig, beliebt gemacht. So will ich nun am 7. Mai nach Kilikien aufbrechen. Wenn ich dann die wichtigsten Standlager inspiziert und die Soldaten einquartiert habe, kann ich laut Senatsbeschluss nach Hause zurückkehren. Ich freue mich darauf, dich als Ädil zu sehen und sehne mich ganz gewaltig nach der Hauptstadt, nach all meinen Lieben und besonders nach dir.

Pindenissus, um den 20. Dezember 51

An Atticus

Am Morgen zu Beginn der Saturnalienfeiertage haben sich mir die Pindenissiten ergeben, sechsundfünfzig Tage nach dem Beginn der Belagerung. – »Was zum Henker sind das für Leute, diese Pindenissiten«, wirst du fragen. »Den Namen habe ich noch nie gehört.«

Ja was soll ich machen? Kann ich etwa aus Kilikien ein Ätolien oder Makedonien machen? Du musst es also schon so hinnehmen: Mit einem solchen Heer und hier kann man eben nur solche Großtaten vollbringen. Lass dir also in kurzen Zügen davon berichten, wie du es mir ja in deinem letzten Brief zugestanden hast ...

Im Heerlager traf ich am 26. August ein und inspizierte die Truppen am 28. bei Iconium. Da bedenkliche Nachrichten über die Parther eintrafen, rückte ich aus dem Lager aus und machte mich auf den Marsch durch Kilikien, und zwar durch den an Kilikien angrenzenden Teil von Kappadokien. Es war meine Absicht, dass der Armenierkönig Artavasdes und die Parther selbst glauben sollten, der Pass nach Kappadokien sei für sie gesperrt.

Fünf Tage lagerte ich bei Cybistra in Kappadokien, als ich die Meldung erhielt, die Parther befänden sich in weiter Entfernung von diesem Einfallstor nach Kappadokien; sie bedrohten vielmehr Kilikien. Ich zog also eilends über die Tauruspässe nach Kilikien. In Tarsus traf ich am 5. Oktober ein. Von dort zog ich zum Amanus, der Wasserscheide zwischen Kilikien und Syrien. In diesen Bergen steckt alles voll von unseren ewigen Feinden. Hier haben wir ihnen am 13. Oktober schwere Verluste beigebracht, ihre stark befestigten Kastelle haben wir genommen und in Brand gesteckt; Pomptinus hatte sie in der Nacht und ich am frühen Morgen angegriffen. Hier hat man mich zum Imperator ausgerufen. Ein paar Tage lagerte ich an der Stelle, wo Alexander bei Issos gegen Darius gestanden hat, ein immerhin größerer Feldherr als du oder ich ...

So viel von diesen Ereignissen. Doch ich will zu Früherem zurückkehren. Wozu du mich vor allem ermahnst, und was deine Hauptsorge ist, nämlich dass wir sogar den strengsten Kritiker zufrieden stellen: So wahr ich lebe – man könnte nicht anständiger sein. Ich nenne es schon nicht mehr Enthaltsamkeit, denn das scheint eine Tugend, die mit dem Genuss im Kampf liegt. Mir hat jedenfalls in meinem ganzen Leben nichts einen solchen Genuss bereitet wie meine absolut integre Haltung. Und es ist nicht so sehr mein guter Ruf – er könnte nicht besser sein –, nein, die Sache selbst macht mir Freude. Nicht wahr? Es hat sich gelohnt. *Ich kannte mich selbst noch nicht* und wusste überhaupt nicht, was ich auf diesem Gebiet leisten konnte. Ich darf mich in meinem Ruhm sonnen: Es ist wirklich etwas Großartiges.

Zwischendurch noch folgende Glanztat: Ariobarzanes ⟨der König von Kappadokien⟩ lebt und regiert – das ist mein Werk. Beim Durchzug habe ich durch mein bedachtsames Auftreten und meine Autorität und indem ich mich seinen Widersachern gegenüber unzugänglich, nicht nur unbestechlich erwies, den König und sein Königreich gerettet ...

Im übrigen hoffe ich, dass mein gesamtes Amtsjahr die Provinz keinen Heller kosten wird.

Laodicea, nach dem 10. Februar 50

An Paetus

Dein Brief hat mich zum bedeutenden Feldherrn gemacht. Ich wusste überhaupt nicht, dass du dich so gut im Militärwesen auskennst. Offenbar hast du die einschlägigen Werke des Pyrrhus und Cineas eifrig studiert. Deshalb gedenke ich, deinen Ratschlägen zu folgen, überdies noch ein paar Schiffe an der Küste zu stationieren. Gegen die Reiterei der Parther bietet, so heißt es, keine andere Waffengattung einen besseren Schutz. Aber was soll der Scherz? Du weißt gar nicht, mit was für einem Imperator du es zu tun hast. Die *Kyroupädie* ⟨Xenophons⟩, die ich beim Lesen ganz zerfleddert habe – die habe ich hier während meines Kommandos ganz und gar in die Tat umgesetzt.

Doch wir wollen ein andermal, wenn wir beisammen sind, unsere Späße machen, hoffentlich bald. Jetzt aber zum Appell angetreten und Order pariert, so hieß es ja bei den Alten.

X

Dass wir keinen Staat mehr haben

Rom, Ende Juli 56

An Lentulus

Du schreibst, du möchtest wissen, wie es in der Politik steht. Es herrscht größte Uneinigkeit, aber es ist ein ungleiches Ringen. Die Männer, die durch ihren Reichtum ⟨Crassus⟩, ihre militärische Position ⟨Caesar⟩ und ihren politischen Einfluss ⟨Pompeius⟩ das Übergewicht besitzen, haben es, so meine ich, aufgrund des törichten und wankelmütigen Verhaltens ihrer Gegner erreicht, nun auch die größere Autorität zu besitzen. So haben sie gegen nur vereinzelten Widerstand im Senat alles durchgesetzt, was sie sogar beim Volk nicht anders als durch Terrormaßnahmen zu erreichen glaubten: Man bewilligte Caesar die Soldzahlungen ⟨für die eigenmächtig ausgehobenen Legionen⟩ und die zehn Legaten, und es war leicht zu verhindern, dass er dem Sempronischen Gesetz gemäß einen Nachfolger ⟨für die gallischen Provinzen⟩ erhielt.

Davon schreibe ich dir nur so kurz, weil mir dieser derzeitige Zustand des Staates keinerlei Freude macht.

Ich schreibe dennoch, um dich aufzufordern, du solltest, solange du selbst noch nicht betroffen bist, das lernen, was ich, von Jugend auf in allen Wissenschaften geübt, doch mehr am eigenen Leibe als aus Büchern gelernt habe: Wir dürfen weder auf unsere Sicherheit bedacht sein, ohne an die Wahrung unseres Ansehens zu denken, noch umgekehrt für unser Ansehen sorgen, ohne auf unsere Sicherheit bedacht zu sein.

Tusculanum,
Ende Oktober / Anfang November 54

An Quintus Cicero

Ich halte mich von allen Sorgen um den Staat fern und widme mich wissenschaftlichen Arbeiten, aber ich will dir doch sagen, was ich weiß Gott gerade vor dir am ehesten verheimlicht haben möchte: Es tut mir weh, liebster Bruder, es tut mir in der Seele weh, *dass wir keinen Staat mehr haben*, kein Gerichtswesen, und dass ich in meinem Alter, in dem ich mich eigentlich meiner Würde als Senator zu erfreuen hätte, mich entweder mit Prozesskram herumplage oder mich daheim mit literarischen Arbeiten aufrechterhalte. Und dass mein Leitstern, an dem ich von Kindheit an meine Freude hatte, nämlich: »Immer der Erste zu sein und sich auszuzeichnen vor andern« ⟨*Ilias* 6,208; 11,784⟩, gänzlich erloschen ist und ich meine Gegner teils unbehelligt lassen, teils sogar verteidigen muss, dass ich nicht in meiner politischen Gesinnung, ja nicht einmal in meiner persönlichen Antipathie frei bin.

Cumae, im Juni 56

An Atticus

Lentulus' Tod betrauere ich, wie sich's gebührt. Wir haben in ihm einen wackeren Mann verloren, eine großartige Persönlichkeit, in der sich Seelengröße mit warmer Menschlichkeit verband. Für uns ist es ein schlechter Trost, aber doch immerhin einer: Wir können uns trösten, dass wir sein Los eigentlich gar nicht zu beklagen brauchen, aber nicht im Sinne von euch Epikureern: Mir kommt es vielmehr so vor, als sei er, weil er sein Vaterland so liebte, durch eine gnädige Fügung der Götter aus dessen Untergang entrückt worden.

Denn was ist widerwärtiger als unser Leben, besonders das meine? Du bist ja, obwohl von Haus aus dem politischen Leben zugewandt, doch nicht persönlich in sklavische Abhängigkeit geraten, sondern nimmst nur an der allgemeinen Misere teil. Aber ich – äußere ich mich in der Politik, wie sich's gebührt, so gelte ich als verrückt. Rede ich den Umständen entsprechend, bin ich eine Sklavenseele. Halte ich den Mund, heißt es, ich habe mich fesseln und knebeln lassen. Was glaubst du, wie schmerzlich das für mich sein muss?

In Campanien, 21. Januar 49

An Atticus

Ich bitte dich – was ist das? Was wird hier gespielt? Ich tappe nämlich im Dunkeln. Cingulum, heißt es, haben wir noch, Ancona haben wir verloren, Labienus ist von Caesar abgefallen. – Reden wir hier von einem Befehlshaber des römischen Volkes oder von Hannibal? Was ist das für ein wahnwitziger, elender Kerl, der niemals auch nur den Schatten vom wahren Schönen und Guten gesehen hat! Und da sagt er ⟨Caesar nach dem Rubikonübergang⟩ auch noch, er tue alles nur um seiner Ehre willen! Aber wo gibt es Ehre ohne Anstand? Ist es etwa anständig, auf eigene Faust ein Heer zu kommandieren, Städte der Mitbürger zu besetzen, um einen leichteren Zugriff auf die Vaterstadt zu haben? Schuldenerlass, Rückführung der Verbannten und hunderterlei andere Untaten im Schilde zu führen, »erringt er nur die größte Göttin sich, die Macht?« ⟨Euripides, *Phoenissen* 506.⟩ Nun, er soll sein Glück haben! Ein einziges Lustwandeln bei dir in deiner Sonne, die für alle da ist, ist mir lieber als alle Herrschaft dieser Art. Ja, ich möchte lieber tausend Tode sterben als nur einen Augenblick lang an so etwas auch nur zu denken. »Wie aber«, sagst du, »wenn du nun so etwas wünschst?« Nun gut, das Wünschen steht jedem frei. Aber ich halte solche Wünsche zu haben für elender als ans Kreuz geschlagen zu werden. Nur eins ist noch elender: zu erreichen, was man so gewünscht hat. Aber genug davon; ich lasse mich nur zu gern in dieser Misere von dir beruhigen.

Formianum, 24. Februar 49

An Atticus

Was für eine schändliche und darum auch erbärmliche Haltung! Denn so ist es doch, meine ich: Erst das, oder vielmehr nur das kann man ein Unglück nennen, was Schande bringt. Er ⟨Pompeius⟩ war es, der Caesar groß gemacht hat, er hat dann auf einmal Angst vor ihm bekommen, sich auf kein Friedensangebot eingelassen, nichts zum Krieg vorbereitet, die Hauptstadt im Stich gelassen, Picenum durch eigene Schuld verloren, sich heimlich nach Apulien davongemacht, geht jetzt nach Griechenland ab und lässt uns alle, ohne Verbindung mit ihm, ohne jegliche Aufklärung über seinen schwerwiegenden und beispiellosen Entschluss, hier zurück. ... ein Trauerspiel ist das! Daher drückt mir der Kummer so das Herz ab, dass ich dir nichts weiter zu schreiben vermag. Ich warte auf einen Brief von dir.

Cales, in der Nacht vom 18./19. Februar 49

AN ATTICUS

Die schicksalhaften und höchst beklagenswerten Ereignisse ⟨nach Caesars Rubikonübergang⟩ haben mich in Verwirrung gebracht, und obwohl ich mich mündlich mit dir nicht beraten kann, möchte ich doch auf deinen Rat nicht verzichten.

Die Überlegung läuft darauf hinaus: Wenn Pompeius Italien aufgibt – und ich vermute stark, er tut dies –, was soll ich dann machen, was meinst du?

Formianum, 12. März 49

AN ATTICUS

Soll man im Vaterland bleiben, wenn es von einem Tyrannen beherrscht wird? . . .

Muss man mit seinen Gönnern und Freunden in der Politik alle Gefahren teilen, auch wenn diese offenbar nicht gut beraten sind in ihren politischen Maßnahmen?

Soll jemand, der sich große Verdienste um das Vaterland erworben hat und eben aus diesem Grunde unerträgliches Leid und Anfeindung auf sich nehmen musste – soll der von sich aus für das Vaterland sein Leben in die Schanze schlagen? Oder sollte es ihm gestattet sein, auch einmal an sich und seine Angehörigen zu denken und die Zwistigkeiten mit den Machthabern beiseite zu lassen?

Formianum, 27. Februar 49

An Atticus

Wenn du meinst, ich sei zutiefst erschüttert und aus der Fassung gebracht: ja, das bin ich schon, aber doch nicht so ganz und gar, wie du dir vielleicht vorstellst. Jede Sorge wird ja leichter, wenn man entweder einen Entschluss gefasst hat oder wenn alles Überlegen an sein Ende gekommen ist. Sich beklagen darf man aber doch, und zwar den lieben langen Tag. Ich befürchte allerdings, ich mache durch mein entschlussloses Verhalten meinen philosophischen Studien und meinen Schriften keine Ehre. Also bringe ich die ganze Zeit damit zu, mir das Bild des wahren Staatsmannes vor Augen zu stellen, das ich, wie du wenigstens meinst, in meinem Werk deutlich genug gezeichnet habe. Du verstehst also, von welchem Grundsatz sich unser vollkommener Staatslenker leiten lassen soll? Im 5. Buch ⟨von *De re publica*⟩, wenn ich mich recht erinnere, sagt Scipio: »Was nämlich für den Steuermann der richtige Kurs ist, für den Arzt das Heilen, für den Feldherrn der Sieg, das ist für unseren Lenker des Staates das glückliche Leben der Bürger. Es soll durch Macht gesichert, mit Geld und Gut wohl versehen sein, weithin Ruhm und Achtung genießen und durch sittliche Tüchtigkeit in Ehren stehen. Diese höchste und wichtigste Aufgabe der Menschheit hat er zu erfüllen.«

Daran hat unser Gnaeus ⟨Pompeius⟩ vorher noch niemals und jetzt erst recht nicht gedacht.

Beide streben nur nach Gewaltherrschaft, es geht ihnen nicht darum, dass die Bürgerschaft glücklich und ehrenvoll lebe ...

Schon längst läuft es auf ein Schreckensregiment wie

bei Sulla hinaus, und viele, die auf seiner Seite stehen, sind begierig darauf. Oder meinst du, zwischen beiden wäre kein Abkommen, keine Übereinkunft möglich gewesen? Noch heute wäre es möglich. Aber keinen von ihnen kümmert es, dass wir glücklich leben; sie wollen beide nur herrschen.

Formianum, 21. Februar 49

An Atticus

Vor wem ich zu fliehen habe, weiß ich, aber nicht, wem ich folgen soll.

Cumanum, 2. Mai 49

An Atticus

Meine Tullia bittet mich in ihren Briefen immer wieder inständig, ich solle doch abwarten, wie die Dinge in Spanien ausgehen, und sie fügt jedesmal hinzu, auch du seiest dieser Meinung. Dies ersehe ich auch aus deinen Briefen.

Rom, nach dem 13. August 46

An M. Marcellus

Bei einem Bürgerkrieg ist alles jammervoll; unsere Väter haben dies kein einziges Mal zu spüren bekommen, unsere Generation schon mehrmals. Aber nichts ist jammervoller als eben der Sieg. Auch wenn er den Besseren zuteil wird, macht er doch auch sie brutaler und hemmungsloser: Selbst wenn sie von Natur aus nicht so sind, werden sie doch durch den Zwang der Verhältnisse dazu genötigt. Vieles muss ja der Sieger, auch unfreiwillig, denen zu Gefallen tun, mit deren Hilfe er gesiegt hat.

Rom, Anfang August 46

An Paetus

Das ist also nun mein Leben: Morgens begrüße ich daheim meine Besucher, viele Republikaner, aber in gedrückter Stimmung, dann diese strahlenden Sieger, die mich überaus gefällig und überfreundlich behandeln.

Wenn sich die Besucher verlaufen haben, vertiefe ich mich in meine Studien, schreibe oder lese. Es kommen auch Leute, die sich von mir wie von einem Gelehrten Vorlesungen anhören wollen, weil ich eben ein bisschen gelehrter bin als sie selbst. Danach gehört die restliche Zeit dem leiblichen Wohl.

Um das Vaterland habe ich ausgetrauert, tiefer und länger als je eine Mutter um ihren einzigen Sohn.

Rom, Anfang August 46

An Curius

Ich entsinne mich noch, wie du mir von allen guten Geistern verlassen schienst, dass du lieber dort bei diesen Leuten leben wolltest als bei uns hier. Denn diese unsere Stadt – solange es noch unsere Stadt war – passte doch besser als Wohnsitz für eine so kultivierte und liebenswürdige Persönlichkeit wie du es bist als die gesamte Peloponnes, geschweige denn Patras. Nun aber scheinst du mir ganz im Gegenteil einen klaren Blick gehabt zu haben, als du dich, während hier alles dem Abgrund zutrieb, nach Griechenland abgesetzt hast.

Es schmerzt mich doch, dass unser Gemeinwesen so ganz und gar in Verfall geraten ist, dass nicht einmal die Hoffnung übrig bleibt, es könne irgendwann einmal wieder besser werden. Nun liegt die Schuld aber gar nicht so sehr bei dem, der alles in seine Gewalt gebracht hat ⟨Caesar⟩ – es sei denn, gerade das hätte nicht geschehen dürfen –, vielmehr hat der Zufall einiges so ausgehen lassen, anderes war sogar unsere eigene Schuld, daher dürfen wir uns über das Geschehene gar nicht beklagen. Hoffnung sehe ich da keine mehr.

Um auf den Anfang zurückzukommen: Klug bist du, wenn du nach reiflicher Überlegung hier alles aufgegeben hast. Glück hast du gehabt, wenn's Zufall war.

Rom, Anfang August 46

An P. Nigidius Figulus

Ich habe nichts, was ich dir versprechen könnte; ich bin ja selbst vom gleichen Schicksal betroffen ⟨kaltgestellt unter Caesar⟩ und halte mich in meinem Unglück nur mit Hilfe anderer aufrecht. Öfter kommt es mir in den Sinn zu klagen, dass ich so lebe, als mich zu freuen, dass ich überhaupt noch lebe.

Mich hat persönlich freilich keine besondere Härte getroffen, und was ich mir unter den gegebenen Umständen nur wünschen konnte, das hat Caesar mir von sich aus zukommen lassen. Dennoch leide ich nicht wenig an peinigenden Vorstellungen: Ich fühle mich schuldig eben dadurch, dass ich noch am Leben bin. Ich muss so viele enge Vertraute entbehren, die mir der Tod entrissen oder die Verbannung entzogen hat, dazu all die Freunde, deren Wohlwollen ich mir einst durch die Verteidigung des Staates Seite an Seite mit dir erworben hatte. Ich bin bei ihrem Ruin dabei, bei der Ausplünderung ihrer Güter und höre nicht nur davon, was allein schon jammervoll genug wäre, sondern muss es mit eigenen Augen sehen – was das Bitterste ist –, wie das Hab und Gut von Männern verschleudert wird, mit deren Hilfe ich einst jenen Feuerbrand ⟨die Verschwörung des Catilina⟩ gelöscht habe.

Und hier in der Stadt, wo ich eben noch durch Einfluss, Ansehen und Ruhm glänzte, da habe ich nun all dies völlig eingebüßt. Von Caesar selbst wird mir alle Höflichkeit und Liebenswürdigkeit erwiesen, aber damit lässt sich der gewaltsame Umsturz aller bisherigen Ordnungen nicht wettmachen.

So bin ich nun all der Dinge beraubt, an die ich meiner Veranlagung, meiner Neigung und meinen Lebensgewohnheiten nach gebunden war. Wie die anderen mich – so scheint's mir wenigstens –, so kann auch ich mich selbst nicht leiden.

Ich war ja dafür geboren, immer etwas Menschenwürdiges zu betreiben und habe nun keinerlei Möglichkeit mehr, mich zu betätigen, ja, nicht einmal mir etwas vorzunehmen. Und während ich früher irgendwelchen unbedeutenden Personen, ja sogar Schuldigen helfen konnte, bin ich jetzt nicht einmal zu wohlgemeinten Versprechungen in der Lage – gegenüber einem Mann wie P. Nigidius Figulus, einem Vorbild an Gelehrsamkeit und Integrität, einst so hoch angesehen und doch so eng befreundet mit mir.

Marcus Iunius Brutus
Zeitgenössische Goldmünze

Im Jahr 46

Brutus oder Über die berühmten Redner

Die Erinnerung an große Männer Roms tat mir in meinen schweren Sorgen und Kümmernissen recht wohl, als wir neulich im Verlauf eines Gesprächs darauf gekommen waren. Ich war nämlich frei von Geschäften zu Hause und ging auf meiner Terrasse auf und ab, als Marcus Brutus zu mir kam, wie es seine Gewohnheit war, und mit ihm T. Pomponius ⟨Atticus⟩, beide miteinander befreundet und mir so lieb und wert, dass bei ihrem Anblick all meine Sorge um den Staat einmal zum Schweigen kam.

Ich begrüßte sie und fragte sogleich: »Wie nun, Brutus und Atticus – gibt es endlich etwas Neues ⟨aus Afrika, wo Caesar gegen die Republikaner kämpfte⟩?« – »Nein«, sagte Brutus, »vor allem nichts, was du hören willst oder was ich als sichere Nachricht verkünden könnte.« – Darauf Atticus: »Wir sind in der Übereinkunft zu dir gekommen, dass Schweigen herrsche über den Staat und wir lieber etwas von dir hören wollen als dir mit irgendwelchen Nachrichten Kummer zu machen.« – »Ihr, mein Atticus«, sagte ich, »erleichtert mir, wenn ich bei euch bin, meine Sorgen, und aus der Ferne habt ihr mir großen Trost gespendet. Denn erst durch eure Schreiben wurden meine Lebensgeister wieder geweckt, so dass ich zu meinen früheren Studien zurückfand.«

»Ich habe«, sagte Atticus, »mit großem Interesse diese briefliche Abhandlung ⟨*De virtute – Von der Tugend*⟩ gelesen, die Brutus dir aus der Provinz Asia schickte und in der er dich, wie mir schien, auf vernünftige Weise ermahnte und dich freundschaftlich tröstete.«

»Ja, richtig, ich versichere dir, ich bin durch dieses Schreiben aus langer seelischer Bedrückung, die schon meine Gesundheit angegriffen hatte, sozusagen wieder ans Tageslicht gebracht worden ...«

»Das eben war meine Absicht«, entgegnete Brutus, »und ich habe reichen Lohn davon, wenn ich in einer so lebenswichtigen Angelegenheit mein Ziel erreicht habe.« ...

⟨Ich sagte:⟩ »Die Stimme des ⟨kürzlich verstorbenen Redners⟩ Q. Hortensius ist durch sein eigenes Geschick zum Verstummen gebracht worden, die meine aber durch das Schicksal des Staates ... Und doch ist sein Ende glücklich zu nennen, da er das nicht erleben musste, was er voraussah. Oft haben wir ja untereinander die drohenden Unglücksfälle beklagt, da wir die Ursachen für den drohenden Bürgerkrieg in den ehrgeizigen Bestrebungen einzelner Männer erkannten und sehen mussten, dass Aussichten auf eine friedliche Einigung von den politischen Beratungen ausgeschlossen waren. Aber ihn scheint sein Glück, das ihm stets treu war, vor dem nachher eingetretenen Elend durch den Tod bewahrt zu haben.

Wir aber, mein Brutus, sind nach dem Tode des hochberühmten Hortensius sozusagen als Vormünder der verwaisten Redekunst zurückgeblieben ... Ich empfinde es für meine Person als schmerzlich, dass ich die Lebensbahn etwas zu spät betreten habe und vor der Vollendung meines Weges in diese Nacht des Staates geraten bin. Doch halte ich mich an den Trost, den du, Brutus, mir mit deinem aufmunternden Schreiben aufgezeigt hast. Du sprachst dich dahingehend aus, ich dürfe getrost sein, denn ich hätte Taten vollbracht, die auch ohne meine Worte für mich sprächen und nach meinem Tode fortlebten. Sie würden, wenn es gut ginge, beim Fortbestand des Staates, wenn nicht, dann erst recht bei seinem Untergang von meiner politischen Einsicht zeugen.

Aber wenn ich dich betrachte, mein Brutus, so tut es mir in der Seele weh, dass dir in deiner Jugend, wo du siegreich auf der Bahn des Ruhmes einherfährst, das böse Geschick des Staates den Weg abschneidet. Das ist der Schmerz, der mich im Innersten trifft, die Sorge, die mich aufreibt, und mit mir auch meinen Freund hier, der mit mir zusammen dich liebt und hochschätzt. Wir nehmen Anteil an dir, wir möchten, dass du die Früchte deiner Tüchtigkeit erntest, wir wünschen dir ein Staatswesen, in dem du das Andenken deiner beiden hochberühmten Ahnengeschlechter ⟨mit den Freiheitshelden L. Junius Brutus und C. Servilius Ahala⟩ erneuern und ihren Ruhm mehren könntest.

Denn dir gehörte das Forum, dir stand die Laufbahn des Redners offen, du hattest sie betreten, indem du wie kein anderer nicht nur deiner Sprache durch rhetorisches Training Schliff verliehen hast. Du hattest auch die Kunst der Beredsamkeit selbst bereichert mit Hilfe ernsthafter Studien ⟨in der Philosophie⟩. Ebendadurch hattest du die sittliche Würde mit dem höchsten Ruhm der Beredsamkeit verbunden.

Deinetwegen quält uns nun ein doppelter Kummer: dass nämlich du den Staat entbehren musst und er dich.«

Rom, im Dezember 54

An Quintus Cicero

Den schmählichen und unheildrohenden Ausgang des Prozesses habe ich mit völligem Gleichmut hingenommen; dies einzig Gute ist mir nun endlich geblieben, dass mich diese Misere des Staates und die Willkür dieser skrupellosen Kerle, die mich bisher schier zerreißen wollte, nun gar nicht mehr aus der Ruhe bringt. Es gibt nichts so Abgrundschlechtes wie diese Leute und diese Zeiten.

Da ich im Staatsleben nun einmal keinerlei Befriedigung finden kann – warum sollte ich mich da ärgern? Meine literarischen Arbeiten und meine Studien machen mir Freude, das Leben in Muße in meinen Landhäusern, vor allem aber unsere beiden Jungen ⟨Sohn und Neffe⟩.

XI
Philosophie, du Führerin des Lebens

Antium, Anfang April 59

An Atticus

Was gibt es überhaupt so Neues? Da Nepos ja Rom verlässt – wer erhält das ⟨freiwerdende⟩ Amt im Augurenkollegium? Das wäre das einzige, womit mich die Leute noch ködern könnten.

Da sieh doch nur mein ewiges Hin und Her! Was soll ich mit diesen Dingen, die ich aufgeben möchte, um all mein Sinnen und Trachten der Philosophie zuzuwenden? Ja, das ist meine Absicht – hätte ich doch nur von Anfang an so gedacht. Nun aber, da ich erfahren habe, wie eitel alles ist, was mir so glänzend erschien, gedenke ich, mich bei sämtlichen Musen in die Lehre zu begeben …

Aber schreibe du mir dennoch Genaueres darüber, was so geschieht, und überhaupt alles, was du versprochen hast, ganz ausführlich.

Im Jahr 45

Tuskulanische Gespräche

Es gibt in der Tat ein Heilmittel für die Seele, die Philosophie. Ihre Hilfe muss man nicht, wie bei den Krankheiten des Körpers, von außen holen, wir müssen uns vielmehr mit allen Mitteln und allen Kräften bemühen, uns selbst heilen zu können.

⟨Der Tod ist kein Übel.⟩ Wenn nämlich jener letzte Tag kein Auslöschen, sondern einen Wechsel des Aufenthaltsortes herbeiführt, was ist dann mehr zu wünschen? Wenn er aber vernichtet und gänzlich zerstört, was ist dann besser, als mitten in den Nöten und Plagen des Lebens einzuschlummern, die Augen zu schließen und in ewigen Schlaf zu versinken? Wenn dies aber eintritt, dann ... wollen wir jenen Tag für die anderen als schlimm, für uns selbst aber als einen glücklichen Tag ansehen. Und wir wollen nichts zu den Übeln zählen, was von den unsterblichen Göttern oder von der Natur, der Mutter aller Dinge, festgesetzt ist. Nicht von ungefähr und aus Zufall sind wir ja gezeugt und geschaffen; es war vielmehr ganz sicher eine Macht am Werk, die sich um das menschliche Geschlecht kümmert und es nicht erzeugt und ernährt, um es nach dem Erdulden aller Mühsal schließlich in die ewige Unheilsnacht des Todes stürzen zu lassen.

Glauben wir also lieber, dass uns ein Hafen und eine Zufluchtsstätte bereitgehalten wird. Ach, wenn wir doch mit vollen Segeln dorthin fahren dürften! Aber wenn wir auch durch widrige Winde zurückgeworfen werden, so kommen wir nur ein wenig später doch an unseren Bestimmungsort.

Was aber allen bestimmt ist, wie kann das für den einzelnen ein Unglück sein?

Im Jahr 45

Tuskulanische Gespräche

Philosophie, du Führerin des Lebens, Erforscherin der Tugend, Vertreiberin des Lasters! Was wären nicht nur wir, sondern das menschliche Leben überhaupt ohne dich! Du hast Städte hervorgebracht, du hast die zerstreut lebenden Menschen in Lebensgemeinschaften zusammengerufen, sie zuerst durch Ansiedlung, dann durch die Ehe, endlich durch die gemeinsame Schrift und Sprache verbunden. Du warst die Erfinderin der Gesetze, die Lehrerin von Sitte und Ordnung. Zu dir nehmen wir unsere Zuflucht, von dir erbitten wir Hilfe, dir vertrauen wir uns an, wie früher schon in so vielem, so jetzt aber ganz und gar.

Ein einziger Tag, in rechter Weise nach deinen Geboten verbracht, ist ja einer ganzen Ewigkeit voller Missetaten vorzuziehen. Wessen Hilfe sollten wir also eher in Anspruch nehmen als die deine, die du uns ein Leben in Ruhe geschenkt und uns die Todesfurcht genommen hast?

Im Jahr 45/44

Von der Weissagung

Ich habe viel und lange darüber nachgedacht, wie ich möglichst vielen Menschen nützlich sein könnte, um meine staatsbürgerlichen Pflichten zu keiner Zeit zu unterbrechen, und dabei bot sich mir nichts Wichtigeres an, als meinen Mitbürgern den Zugang zu den edelsten Wissenschaften zu erschließen. Das habe ich ja, wie ich meine, bereits mit mehreren Werken getan ...

Und zur Erläuterung der Philosophie bin ich durch

das schwere Unglück des Staates gebracht worden, da ich während der Bürgerkriegswirren weder dem Staat auf meine gewohnte Weise mit Erfolg dienen, aber auch nicht untätig bleiben konnte und nichts fand, was meiner eher würdig gewesen wäre ...

Da nun unser Staat in diese Lage gekommen war ⟨unter Caesar⟩, begann ich damals, meiner früheren Aufgaben beraubt, diese Studien wieder aufzunehmen, weil ich dadurch am ehesten mein Gemüt vom Gram erleichtern und zugleich meinen Mitbürgern nach Kräften nützen konnte.

In meinen Büchern gab ich nun meine Stimme ab, in ihnen sprach ich zur Volksversammlung, das Philosophieren war für mich an die Stelle der Staatsverwaltung getreten.

Kein Zweig der Philosophie sollte noch übrig sein, der nicht in lateinischer Sprache zugänglich gemacht würde.

Könnte ich dem Staat einen größeren oder besseren Dienst leisten, als wenn ich die Jugend bilde und erziehe, zumal bei diesen Sitten und in diesen Zeiten ...?

Das kann ich freilich nicht erreichen, was man auch nicht verlangen kann: dass sich nun die gesamte Jugend diesen Studien zuwendet. Wenn es nur einige wenige wären! Deren eifriges Bemühen könnte dann aber im Staat weite Kreise ziehen. Für meine Arbeit werde ich auch noch belohnt durch diejenigen, die bereits in vorgerücktem Alter in meinen Schriften geistige Erholung finden. Durch ihre Lust am Lesen wird mein Eifer zum Schreiben von Tag zu Tag lebhafter angeregt. Ich habe mehr von ihnen kennen gelernt als ich dachte.

Auch ist es etwas Großes und Ruhmvolles für die

Römer, dass sie in der Philosophie nicht mehr auf die griechischen Schriften angewiesen sind. Dies werde ich sicherlich erreichen, wenn ich mein begonnenes Werk zu Ende führen kann.

Im Jahr 46

Der Redner

Ich sage es ganz offen: Was ich als Redner bin, das habe ich nicht aus den Rhetorenwerkstätten, sondern aus den Wandelhallen der platonischen Akademie.

Im Jahr 46/45

Academici libri ⟨Lucullus⟩

Zwischen uns ⟨den Anhängern der Akademie⟩ und denen, die glauben, ein sicheres Wissen zu besitzen, gibt es nur den einen Unterschied: Sie zweifeln nicht daran, dass ihre Grundsätze, die sie verteidigen, die Wahrheit darstellen. Wir aber haben vieles Wahrscheinliche, an das wir uns durchaus halten, was wir aber kaum als die absolute Wahrheit verfechten. Gerade dadurch aber haben wir eine umso größere Freiheit und Unbefangenheit, weil unsere Urteilsmöglichkeit in keiner Weise eingeschränkt ist und wir durch keinerlei Notwendigkeit gezwungen werden, alles, was uns vorgeschrieben und gleichsam anbefohlen ist, zu verteidigen.

Im Jahr 45

Tuskulanische Gespräche

Mir hat immer die Gewohnheit der Peripatetiker und Akademiker gefallen, über alle Fragen Streitgespräche zu führen, nicht nur deshalb, weil man anders das jeweils Wahrscheinliche nicht finden kann, sondern auch, weil dies die beste Übung im Reden ist.

Im Jahr 45

Tuskulanische Gespräche

Wie wenige findet man unter den Philosophen, die charakterlich geeignet und ihrem Geist und ihrer Lebensführung nach so sicher gegründet sind, wie die Vernunft es fordert! Die ihre Lehre nicht als Zurschaustellung ihres Wissens, sondern als Lebensregel ansehen, und die sich selbst treu bleiben und ihre eigenen Lehren befolgen. Man kann welche erleben mit solcher Oberflächlichkeit und Eitelkeit, dass es für sie besser gewesen wäre, sie hätten gar nicht studiert. Andere sind geldgierig, manche ruhmsüchtig, viele so sehr Sklaven ihrer Begierden, dass ihr Leben in sonderbarem Widerspruch zu ihrer Lehre steht.

Im Jahr 45

Tuskulanische Gespräche

Von der alles überragenden Stellung des Weisen lässt sich lang und breit reden, die kürzeste Definition aber lautet: Weisheit ist das Wissen von den göttlichen und menschlichen Dingen und die Erkenntnis der Ursache jeglicher Erscheinung.

Daraus ergibt sich, dass der Weise dem Göttlichen nachstrebt, alles Irdische aber für geringer hält als die sittliche Vollkommenheit.

Im Jahr 45

Vom höchsten Gut und grössten Übel

Jede der Tugenden ⟨Tapferkeit, Mäßigung, Klugheit, Gerechtigkeit⟩ ist ja mit einer Haltung der Fürsorge verbunden, die sozusagen nach außen blickt und sich zu den anderen hinwendet und sie umfasst hält. So kommt es, dass man sich um Freunde, Geschwister, Verwandte und Verschwägerte, um Mitbürger und, da wir ja nach einer einzigen menschlichen Gemeinschaft streben, um alle Menschen um ihrer selbst willen bemühen muss.

Tusculanum, 11./12. Juli 45

An Varro

Ich warte allerdings schon lange ⟨auf ein mir gewidmetes Werk von dir⟩ und musste mich zurückhalten, dir nicht etwas zu dedizieren, bevor ich etwas von dir erhalten hatte, so dass ich es dir mit einer möglichst gleichwertigen Gabe vergelten könnte. Aber du gehst etwas langsam zu Werk, das heißt, wie ich es einmal auslegen will, allzu sorgfältig, und da konnte ich nicht anders, ich musste unsere freundschaftliche und wissenschaftliche Verbundenheit in einer mir gemäßen literarischen Gattung herausstellen.

Ich habe also einen philosophischen Dialog zwischen uns beiden verfasst ⟨die *Academici libri*⟩, der auf deinem Cumanum spielt und bei dem auch Atticus dabei ist. Dir habe ich den Part des ⟨Akademikers⟩ Antiochos ⟨von Askalon⟩ zugewiesen; ich weiß ja, dass du seiner Ausrichtung beipflichtest. Ich vertrete die Lehrmeinung Philons ⟨von Larisa⟩. Du wirst dich beim Lesen wohl wundern, dass wir da über Dinge diskutieren, die zwischen uns nie zur Sprache kamen. Aber du weißt ja, wie man es in solchen Dialogen macht.

Im Jahr 45

Academici libri ⟨Varro⟩

Als Atticus neulich mit mir zusammen auf dem Cumanum war, wurde uns gemeldet, Varro sei am Vorabend aus Rom eingetroffen und würde, wenn er von der Reise nicht zu sehr erschöpft sei, sogleich zu uns kommen. Auf diese Kunde hin wollten wir keine Zeit verstreichen lassen, einen Mann wiederzusehen, der mit uns durch den Gleichklang der Interessen wie durch eine langjährige Freundschaft verbunden war. Daher machten wir uns sogleich zu ihm auf, und als wir noch ein kleines Stück von seiner Villa entfernt waren, sahen wir ihn auf uns zukommen. Wir umarmten ihn, wie es Sitte ist unter Freunden, und geleiteten ihn nach geraumer Zeit zurück zu seiner Villa.

Hier wechselten wir einige Worte, dann erkundigte ich mich, ob es vielleicht etwas Neues aus Rom gäbe. Darauf Atticus: »Lass das beiseite, ich bitte dich, was wir ohne Kummer weder erfragen noch hören können, und frage lieber, was es hier Neues gibt. Es schweigen die Musen des Varro nämlich schon länger als gewöhnlich, und dennoch glaube ich nicht, dass dieser da säumig ist, sondern dass er uns verheimlicht, was er schreibt.«

»Aber nein«, antwortete Varro. »Es wäre indiskret, etwas zu schreiben, was man lieber verheimlichen wollte. Ich habe vielmehr eine größere Arbeit unter den Händen, da ich ja schon lange etwas in Angriff genommen habe für ihn hier«, – er meinte mich –, »ein recht umfangreiches Werk, an dem ich noch glätten und feilen muss.« »Darauf warte ich schon lange, mein lieber Varro«, sagte ich, und habe dennoch nicht gewagt, dich zu drängen. Ich habe es von unserem Libo gehört, dessen Interesse du ja kennst – man kann ihm etwas dergleichen nicht verheimlichen –, dass du dir keine Atempause bei diesem Werk gönnst, sondern ganz gewissenhaft daran arbeitest und es niemals aus den Händen lässt.

Mir kam es früher niemals in den Sinn, dir eine bestimmte Frage zu stellen. Doch nachdem ich nun begonnen habe, die Dinge, die ich mit dir gemeinsam gelernt habe, schriftlich niederzulegen und die altehrwürdige, von Sokrates begründete Philosophie in lateinischen Schriften zu erhellen, da frage ich dich nun: Warum lässt du, bei deinem umfangreichen Schrifttum, diese Gattung aus, obwohl du doch selbst darin brillierst und diese Studien und diese gesamte Wissenschaft die übrigen Wissenszweige an Bedeutung übertreffen?«

Er darauf: »Du sprichst da eine Sache an, über die ich schon oft nachgedacht und mit der ich mich eingehend beschäftigt habe. Daher werde ich mit der Antwort nicht zögern, sondern dir sagen, was ich mir in Gedanken schon zurecht gelegt habe, denn ich habe wie gesagt darüber eingehend und lange nachgedacht.

Denn wenn ich mir die Philosophie ansah, wie sie von den Griechen aufs genaueste dargestellt worden ist, da kam ich zu folgender Überzeugung: Wenn einige von unseren Landsleuten sich diesem Studium widmen wollen und wenn sie griechische Bildung besitzen, dann werden sie doch eher etwas auf Griechisch lesen anstatt in unserer Muttersprache. Wenn sie aber über keinerlei griechische Bildung verfügen, dann werden sie sich nicht mit etwas beschäftigen, was sie ohne griechische Bildung gar nicht verstehen können.

Deshalb wollte ich nichts schreiben, was einmal die Ungebildeten gar nicht verstehen können und was zum andern die Gebildeten gar nicht lesen mögen ...«

»Du bringst da ein plausibles Argument«, antwortete ich: »Die Gebildeten werden lieber Griechisches lesen und die gar nichts davon verstehen, nicht einmal das. Aber sag mir nun: Hast du das genügend durchdacht? Immerhin verachten doch die einen wie die anderen ihre eigene Literatur nicht grundsätzlich. Warum lesen die griechisch Gebildeten denn lateinische Dichter, aber keine Philosophen?

Doch wohl weil man Freude hat an Ennius, Pacuvius, Accius und vielen anderen, die nicht die Worte, aber die Wortgewalt der Griechen zum Ausdruck bringen? Wieviel mehr werden Philosophen Freude machen, wenn sie, wie die Dichter ihren Aischylos, Sophokles und Euripides, ihrerseits einen Platon nachbilden, einen Aristoteles oder Theophrast! ... Unser Brutus, ein Meister in jedem Fache, betreibt Philosophie in lateinischer Sprache so, dass Griechenland dabei nichts vermissen könnte, und dabei ist er grundsätzlich der gleichen Meinung wie du ... Daher meine Bitte: Versage du dich dieser Gattung nicht!«

Er darauf: »Ich will es in Erwägung ziehen, aber nicht ohne deinen Beistand.«

Darauf Atticus: »Fahre du nur fort, Varro, ich liebe

das Unsrige und die Unseren sehr, mir macht das Freude, wenn es auf lateinisch vorgebracht wird, und auf diese Weise.«

Im Jahr 45

Vom höchsten Gut und grössten Übel

Als ich es unternahm, philosophische Abhandlungen, die von den größten Geistern mit einzigartiger Gelehrsamkeit in griechischer Sprache behandelt waren, in die lateinische Literatur zu übertragen, da war ich mir nicht im Unklaren darüber, dass diese meine Bemühungen vielfacher Kritik ausgesetzt sein würden.

Einige nämlich, und zwar keineswegs die Ungebildeten, haben grundsätzlich etwas gegen das Philosophieren. Andere wieder tadeln es nicht, sofern man es nebenbei betreibt, aber großen Fleiß und viel Mühe dürfe man nicht darauf verwenden, meinen sie. Manche aber, namentlich griechisch Gebildete, die die lateinische Literatur gering schätzen, werden erklären, sie verwendeten ihre Mühe lieber auf die Lektüre griechischer Werke. Schließlich wird es auch solche geben, vermute ich, die mich zu anderen literarischen Arbeiten auffordern und behaupten, diese Art der Schriftstellerei zeuge zwar von Bildung, sei aber doch meiner Person und meiner Stellung nicht angemessen.

Diesen allen muss ich kurz Rede und Antwort stehen. Den Gegnern der Philosophie überhaupt habe ich schon eine ausreichende Antwort gegeben in dem Buch ⟨*Hortensius*⟩, in dem ich die Philosophie verteidigt und gepriesen habe, nachdem sie von Hortensius angegriffen und getadelt worden war ... Schwieriger ist es, den Verächtern einer auf lateinisch vorgetragenen Philosophie eine überzeugende Antwort zu geben. Ich glaube, dass sie deshalb eine Abneigung gegen lateinische Schriften haben, weil sie nur stillose Machwerke in die Hände bekamen, die aus schlechtem Griechisch in noch schlechteres Latein übertragen worden waren. Aber wenn bedeutsame Themen in einem guten Stil gewichtig und schön formuliert vorgebracht werden, wie sollte man das nicht lesen wollen? ... Ich möchte jedenfalls denen zu Diensten sein, die sich entweder mit der Philosophie in beiden Sprachen beschäftigen wollen oder die andere nicht zu sehr vermissen, wenn sie Werke in ihrer eigenen Sprache haben.

Im Jahr 45

Tuskulanische Gespräche

Neoptolemos sagt ⟨in einem Drama⟩ bei Ennius, Philosophieren sei nötig für ihn, aber nur nebenbei, denn so ganz und gar, das gefalle ihm nicht. Was mich angeht, Brutus, für mich ist Philosophieren notwendig, meine ich – denn was kann ich Besseres tun, zumal da ich nichts zu tun habe? – aber nicht nebenbei, wie jener. Es ist in der Philosophie ja schwierig, dass jemand nur weniges kennt, dem nicht schon das meiste oder alles bekannt ist. Denn weniges kann man nur aus vielem auswählen, und wer weniges begriffen hat, wird doch mit gleichem Eifer allem anderen nachgehen ...

Aber ich habe gar nichts dagegen, dass man gegen mich schreibt, ganz im Gegenteil: Ich wünsche es mir sogar ausdrücklich. Selbst in Griechenland wäre die Philosophie nämlich niemals zu so hohen Ehren gekommen, wenn sie sich nicht durch den Wettstreit und die Meinungsvielfalt großer Geister gestählt hätte.

Daher rufe ich alle dazu Befähigten auf, dem schon altersschwachen Griechenland den Lorbeer auch in dieser Gattung zu entreißen und ihn in unsere Stadt zu verpflanzen. So sind ja alle übrigen Zweige der Gelehrsamkeit, sofern sie erstrebenswert waren, von unseren Vorfahren mit Eifer und Fleiß zu uns herübergeholt worden.

XII
Caesar zu bessern

Antium, im Juni 60

An Atticus

Ich habe es mit Vorsicht und Voraussicht dahin gebracht, dass nicht ich meine trefflichen Grundsätze aufgegeben, sondern dass er ⟨Pompeius⟩ sich gebessert und sein Haschen nach der Volksgunst etwas eingeschränkt hat ... Was meinst du – wenn es mir auch noch gelänge, *Caesar zu bessern*, der momentan im Aufwind ist?

Tusculanum, Ende Oktober / Anfang November 54

An Quintus Cicero

Über Caesars Wertschätzung, die er mir brieflich zum Ausdruck brachte, freue ich mich außerordentlich. Auf die Versprechungen, die er mir macht, gebe ich nicht viel. Ich dürste nicht nach Ehren und ersehne keinen Ruhm; ich hoffe eher auf die Beständigkeit seiner Zuneigung als auf die Erfüllung seiner Versprechungen. Dennoch lebe ich in ehrgeizigen Plänen und Bestrebungen, als ob ich, was ich gar nicht fordere, doch erwarte.

Gaius Iulius Caesar
Zeitgenössische Münze

Bei Pontius auf dem Trebulanum,
9. Dezember 50

An Atticus

Du bist doch so ein großer Gelehrter: Wenn du mir das folgende Problem lösen könntest, würdest du mich aus großem Unbehagen befreien. Er ⟨Caesar⟩ schreibt mir schmeichelhafte Briefe; das Gleiche tut Balbus in seinem Namen. Ich bin entschlossen, nirgends auch nur einen Fingerbreit von meinem Ehrenstandpunkt abzuweichen. Aber du weißt ja, wie viel ich ihm ⟨von seinem Darlehen⟩ noch zurückzuzahlen habe ... Was meinst du dazu? »Zahlen wir!«, sagst du. Also, dann müssen wir bei Caelius borgen. Lass dir das bitte durch den Kopf gehen, ich fürchte nämlich, wenn ich im Senat einmal mit Nachdruck für die Verfassung eintrete, da sagt dein Mann da aus Tartessus ⟨Balbus⟩ beim Hinausgehen zu mir: »Sei bitte so gut und lass das Geld beschaffen!«

Formiae, 1. März 49

An Atticus

Die Schrift meines Sekretärs soll dir anzeigen, dass ich an einer Augenentzündung leide, das ist auch der Grund für die Kürze dieses Briefes. Freilich weiß ich im gegenwärtigen Zeitpunkt auch nichts zu schreiben. Meine ganze Erwartung richtet sich auf Nachrichten aus Brundisium. Hat er ⟨Caesar⟩ unseren Gnaeus ⟨Pompeius⟩ dort noch erreicht, besteht eine schwache Hoffnung auf Frieden. Ist er aber vorher schon ⟨nach Griechenland⟩ übergesetzt, dann müssen wir einen vernichtenden Krieg befürchten. Aber siehst du, was für einem Menschen unser Staat in die Hände gefallen ist: wie scharfsinnig, wachsam und gewappnet! Wenn er nur niemanden erschlägt, keinen ausplündert, dann wird er von denen, die ihn am meisten gefürchtet hatten, am meisten geliebt werden.

Oft unterhalten sich die Leute aus der Kleinstadt mit mir, oft auch die vom Land; ihnen geht es um weiter nichts als um ihre Äcker, ihre Häuschen und ihre paar Groschen. Und sieh nur, wie sich das Blatt gewendet hat: Den einen, dem sie vorher vertrauten ⟨Pompeius⟩, den fürchten sie jetzt; sie lieben den, den sie vorher fürchteten. Wie viel dabei auf die Rechnung unserer eigenen Sünden und Fehler kommt, daran kann ich nicht ohne Missbehagen denken. Was uns aber meiner Ansicht nach noch bevorsteht, habe ich dir geschrieben, und ich erwarte nun deinen Antwortbrief.

Auf dem Cumanum, 14. April 49

An Atticus

Curio ist recht lange bei mir gewesen. Eine üble Geschichte! Du kennst ihn ja – er hält mit nichts zurück ... Caesar sei außer sich vor Zorn gewesen und habe den Volkstribunen Metellus töten lassen wollen ⟨der ihm den Zugang zum Staatsschatz verwehrte⟩. Wenn das geschehen wäre, hätte ein großes Morden begonnen. Es gäbe ja genug Leute, die ihn zum Blutvergießen drängten; er selbst sei nicht aus Neigung oder Veranlagung nicht grausam, sondern weil er glaube, sich durch seine Milde beim Volk beliebt zu machen. Wenn er aber die Anhänglichkeit des Volkes verliere, dann werde er grausam sein. Es habe ihn aus der Fassung gebracht, als er merken musste, dass er gerade beim Volk mit seinem Angriff auf den Staatsschatz Anstoß erregt habe. Deshalb habe er nicht gewagt, was er doch fest vorhatte, nämlich vor seiner Abreise zum Volk zu sprechen, und sei in heftiger Erregung aufgebrochen.

Formianum, 28. März 49

An Atticus

Beides ging nach deinem Rat: Ich habe so gesprochen, dass ich eher Achtung als Dankbarkeit bei ihm ⟨Caesar⟩ erweckte, und ich bin festgeblieben: Ich komme nicht nach Rom! In einem habe ich mich allerdings getäuscht, nämlich indem ich ihn für umgänglich hielt. Nichts weniger als das. Mein Urteil spräche ihn schuldig, sagte er; wenn ich nicht käme, würden es sich auch alle anderen überlegen. Darauf ich: »Die sind in einer ganz anderen Lage.« – So noch einiges, dann er: »Also dann komm und sprich für den Frieden.« – »Nach meinen Vorstellungen?« – »Soll ich dir etwa Vorschriften machen?« – »Dann werde ich eine Entschließung beantragen, der Senat billige es nicht, dass man nach Spanien geht und dass Truppen nach Griechenland übergesetzt werden. Und ich werde mein tiefes Bedauern über die Lage des Pompeius aussprechen.« – Darauf er: »Solche Äußerungen wünsche ich nicht.« – »Das habe ich mir gedacht«, sagte ich, »aber ich wollte eben deswegen nicht in den Senat kommen. Entweder muss ich so sprechen oder nicht kommen. Und ich muss, wenn ich komme, noch viel mehr sagen, was ich unter keinen Umständen mit Stillschweigen übergehen kann.« Das Ergebnis war, dass er, gleichsam um ein Ende zu machen, sagte, ich solle es mir überlegen. Das konnte ich nicht ablehnen. So schieden wir voneinander. Ich glaube, er war nicht zufrieden mit mir, aber ich bin mit mir zufrieden, und das ist mir schon lange nicht mehr vorgekommen.

Das Übrige aber – o ihr Götter, sein Gefolge, die Unterwelt, wie du zu sagen pflegst ... Sein Wort zum Schluss aber war widerwärtig, beinahe hätte ich's vergessen: Wenn er sich meines Rates nicht bedienen dürfe, dann werde er sich Rat holen, wo er ihn fände, und sich dabei auf alles einlassen. Da siehst du also den »großen Mann«, wie du schreibst. Das entlockt dir sicher ein Seufzen ... Ich kann nicht daran zweifeln, dass ich ihn vor den Kopf gestoßen habe. Umso rascher gilt es nun zu handeln. Bitte sei so lieb und schreib mir, und zwar was »Politisches«. Ich warte nun mit Spannung auf deinen Brief.

Rom, Mitte August 46

An Paetus

Sie vermessen zwar das Gebiet von Veji und Capena ⟨um es zur Veteranenansiedlung zu enteignen⟩; das ist nicht weit von meinem Tusculanum. Aber ich habe dennoch keine Angst. Ich genieße meinen Besitz, so lange es mir erlaubt ist, wünsche mir, dass es mir immer erlaubt sei. Wenn mir das nicht zuteil wird: Als tapferer Mann und als Philosoph zu leben, habe ich für das Schönste gehalten. So muss ich doch den Mann weiterhin schätzen, dessen Wohltat ich das verdanke.

Wenn er ein Staatswesen erstrebt, wie er es vielleicht will und wie wir alle es uns wünschen müssen, so weiß er doch nicht, wie er es anfangen soll; er hat sich in einem Netz von Bindungen verstrickt.

Aber das führt mich zu weit; ich schreibe ja an dich. Das will ich dir jedenfalls sagen: Nicht nur ich, der ich an seiner Beschlussfassung keinen Anteil habe, nein, er, der führende Kopf selber, weiß nicht, was werden soll. Wir nämlich sind seine Sklaven, er ist der Sklave der Verhältnisse. Somit kann weder er wissen, was die Verhältnisse fordern werden, noch wir, was er plant.

Rom, Ende September / Anfang Oktober 46

An Servius Sulpicius Rufus

Eines allerdings haben wir dir voraus: Wir haben eher als du ⟨in Griechenland⟩ von der Begnadigung deines ⟨verbannten⟩ Mitkonsuls Marcellus gehört, ja wir haben miterlebt, wie alles zugegangen ist …

Caesar hatte sich erst über die »harte Haltung« des Marcellus beschwert, wie er es nannte …, erklärte aber auf einmal ganz wider Erwarten, wenn der Senat ein Bittgesuch für Marcellus einbringe, wolle er dies, selbst wenn es ein schlechtes Omen sei, nicht abschlagen …

Dieser Tag erschien mir so herrlich, mir war, als sähe ich einen Schimmer der wieder auflebenden Republik. Als nun alle, die vor mir aufgerufen wurden, Caesar ihren Dank aussprachen …, da habe ich, als ich an der Reihe war, meine Haltung geändert. Ich hatte mir ja vorgenommen – wahrhaftig nicht aus Trägheit, sondern in Erinnerung an meine einstige Vorrangstellung –, für immer zu schweigen. Diesen meinen Vorsatz habe ich gebrochen, wegen Caesars Seelengröße und der pflichttreuen Haltung des Senats. So habe ich Caesar in einer längeren Rede meinen Dank ausgesprochen.

Rede an Caesar für Marcus Marcellus

Wenn du dir deine übrigen Taten vergegenwärtigst, wirst du dir sehr oft zu deiner Tüchtigkeit, aber meistens zu deinem Glück gratulieren können. Sooft du aber an uns denkst, die du mit dir im Staat wissen wolltest, wirst du an deine größten Wohltaten denken, an deine kaum vorstellbare Großmut, an deine einzigartige Weisheit. Das wage ich nicht nur die höchsten, sondern in Wahrheit die einzigen Güter zu nennen. Denn solch ein Glanz geht von verdientem Ruhm aus, so viel Würde liegt in der Größe des Geistes und der Einsicht, dass dies als ein Geschenk der Tugend erscheint, das übrige nur als ein Darlehen des Glücks.

Alles musst du allein nun wieder aufrichten, Caesar, was du als unvermeidliche Folge der Stürme des Krieges erschüttert und umgestürzt darniederliegen siehst. Das Gerichtswesen muss neu geordnet, Treu und Glauben wieder hergestellt, der Luxus eingedämmt, Nachwuchs gefördert werden; alles, was sich in Zerfall und Auflösung befindet, muss mit strengen Gesetzen wieder fest verbunden werden.

Es ließ sich in einem Bürgerkrieg von solchem Ausmaß, wo Gemüter und Waffen in gleich hitziger Bewegung waren, nicht vermeiden, dass der ins Wanken geratene Staat, wie auch immer der Krieg ausging, viele Zierden seiner Würde und Stützen seines Bestandes einbüßte. Ebenso ließ es sich nicht vermeiden, dass die Führer auf beiden Seiten bewaffnet vieles taten, was sie als Bürger in Friedenszeiten nicht hätten geschehen lassen.

Alle diese Wunden des Krieges musst du nun heilen; niemand außer dir kann ihnen Abhilfe schaffen.

Puteolanum, 19. Dezember 45

An Atticus

War das ein beschwerlicher Gast ⟨Caesar⟩ – und doch nachträglich nicht zu bedauern. Es war nämlich sehr nett.

Als er am zweiten Feiertag des Saturnalienfestes abends bei Philippus ⟨dem Gatten seiner Nichte Atia⟩ ankam, war die Villa von den Soldaten so mit Beschlag belegt, dass kaum ein Platz im Speisezimmer für Caesar blieb, wo er zu Abend essen wollte. Es waren nämlich 2000 Mann! Mir wurde Angst und Bange, wie das am nächsten Tag gehen sollte, aber Barba Cassius kam mir zu Hilfe und stellte Wachen zur Verfügung. Biwak auf freiem Feld, meine Villa wurde abgesperrt. Am dritten Feiertag blieb er bis gegen Mittag bei Philippus und empfing niemand. Finanzgeschäfte mit Balbus, vermute ich. Dann kam er von dort am Strand entlangspaziert ⟨zu mir⟩. Am Nachmittag begab er sich ins Bad. Da hörte er von Mamurra ⟨vermutlich vom Tode dieses seines Günstlings⟩; er blieb unbewegt. Dann ließ er sich salben und kam zu Tisch. Da er später ein Brechmittel nehmen wollte, aß und trank er ohne Bedenken und mit Appetit. Es war auch ein glänzendes und wohlvorbereitetes Diner, und nicht nur das, sondern auch ⟨wie es bei Lucilius heißt⟩ »gut gekocht und gut gewürzt bei gutem Gespräche, und wenn du's wissen willst, mit Genuss«.

Außerdem wurde sein Gefolge an drei Tafeln sehr anständig versorgt. Auch den weniger wichtigen Freigelassenen und den Sklaven fehlte es an nichts; die Vornehmeren habe ich exzellent bewirtet. Kurz und gut: Ich zeigte mich als Mann mit Lebensart. Dennoch war das kein Gast, zu dem man gesagt hätte: »Ich würde mich freuen, wenn du dich bei mir sehen lässt, falls du wieder einmal vorbeikommst.« Einmal genügt. Ernsthaftes gab's nichts in der Unterhaltung, dafür viel Literarisches. Kurzum, er hat sich wohlgefühlt und war gerne da. Einen Tag wolle er, wie er sagte, noch in Puteoli bleiben, einen weiteren dann in Baiae.

Da hast du nun die Geschichte von meinem Besuch, oder besser meiner Einquartierung: ein Ärgernis für mich, wie gesagt, aber doch nicht unangenehm. Ich bleibe noch ein paar Tage hier, dann will ich aufs Tusculanum.

Als er an Dolabellas Villa vorbeikam, ließ er seine ganze Eskorte beiderseits paradieren, eine Ehrenbezeugung, die er sonst nirgends machen lässt. Das habe ich von Nicias.

Tusculanum, um den 17. August 45

An Atticus

Wie? Brutus meldet mir, er ⟨Caesar⟩ schließe sich den Patrioten an? Das wäre eine Freudenbotschaft. Aber wo will er die finden? Er müsste sich schon aufhängen ... Und was ist nun mit deinem Lieblingskunstwerk ⟨einem Stammbaum des Brutus⟩, das ich im Parthenon seiner Villa gesehen habe, was ist mit Ahala und Junius Brutus ⟨den Freiheitshelden seines Geschlechts⟩? Aber was soll er denn machen?

Bei Matius, 7. April 44

An Atticus

Als ich neulich auf Bitten des Sestius bei Caesar gewesen war und dasaß und wartete, bis ich aufgerufen wurde, hat er angeblich gesagt: »Da soll ich noch zweifeln, daß ich grimmig gehasst werde, wenn ein Marcus Cicero dasitzt und mich nicht sprechen kann, wie's ihm beliebt? Und wenn jemand umgänglich ist, dann doch er. Aber ich zweifle dennoch nicht, daß er einen gewaltigen Hass auf mich hat.«

Pompeianum, 3./4. Mai 44

An Atticus

Ich bin, das darfst du mir glauben, überzeugt, dass man gegen diesen ganzen verbrecherischen Klüngel zu Lebzeiten des Tyrannen eher ein Wort riskieren konnte als nun, da er tot ist. Er ertrug mich ja mit einer kaum begreiflichen Art von Gelassenheit. Nun fühle ich mich, wo ich gehe und stehe, an Caesar erinnert, nicht nur an seine Verordnungen, sondern auch an sein Denken und Trachten.

Oktober 44

Von den Pflichten

Man muss sich aber immer davor hüten, Unrecht zu tun. Besonders dann lassen sich viele dazu verleiten, die Gerechtigkeit völlig außer Acht zu lassen, wenn sie der Gier nach Herrschaft, hohen Stellungen und Ruhm verfallen sind . . . Das hat sich eben erst klar herausgestellt an der Verwegenheit Caesars. Alles göttliche und menschliche Recht trat er zu Boden, weil er sich in die Idee verrannt hatte, Alleinherrscher zu sein. Es ist hierbei bedauerlich, dass sich diese Sucht nach hohen Stellungen, Befehlsgewalt, Macht und Ruhm gerade bei Männern von höchstem Geist und glänzendem Talent findet. Umso mehr muss man sich in diesem Bereich vor Verfehlungen hüten.

Zeittafel

v. Chr.

106 3. Januar: Marcus Tullius Cicero in Arpinum geboren

100 Gaius Iulius Caesar in Rom geboren

91 Cicero in Rom, Ausbildung als Anwalt und Politiker

80 Erste große Gerichtsrede Ciceros unter Sullas Diktatur: *Für Sextus Roscius aus Ameria*

79–77 Bildungsreise nach Griechenland

75 Cicero Quästor in Sizilien

70 Erstes Konsulat des Pompeius und Crassus
Cicero Anwalt im Verres-Prozeß; führender Anwalt Roms

66 Cicero Prätor
Erste Staatsrede: *Für den Oberbefehl des Pompeius* im Mithridatischen Krieg

63 Cicero Konsul
Aufdeckung der Verschwörung des Catilina
5. Dezember: Senatssitzung und Todesurteil gegen die Catilinarier
Vier *Catilinarische Reden*

60 Erstes Triumvirat zwischen Caesar, Pompeius und Crassus

59 Caesar Konsul
Cicero verweigert den Anschluss an die Triumvirn

58 Clodius Volkstribun
Ächtung Ciceros

58–57 Cicero in der Verbannung in Dyrrhachium und Thessalonike

57 4. September: Ciceros Rückkehr nach Rom

56 Ciceros *Rede für Sestius*: politisches Programm eines Zusammenschlusses aller staatstreu Gesinnten (*consensus omnium bonorum*) gegen autokratische Tendenzen
Erneuerung des Triumvirats auf der Konferenz von Lucca

55 Zweites Konsulat des Pompeius und Crassus
Caesar in Gallien
Cicero ohne politischen Einfluss
Erste schriftstellerische Periode: *De oratore – Vom Redner; De re publica – Vom Staat; De legibus – Von den Gesetzen*

53 Entfremdung zwischen Pompeius und Caesar
(Crassus bei Carrhae gegen die Parther gefallen)

52 Zerrüttung des politischen Lebens
Straßenterror
Clodius bei einem Zusammenstoß mit dem Konsulatsbewerber T. Annius Milo ermordet
Ciceros *Rede für Milo*

51 Cicero Statthalter in Kilikien
Herausgabe von *De re publica – Vom Staat*

49 Verhandlung über Caesars Ablösung in Gallien, Zuspitzung des Konflikts zwischen ihm und dem Senat
4. Januar: Rückkehr Ciceros und Vermittlungsversuche
11. Januar: Caesar überschreitet den Rubikon, Beginn des Bürgerkriegs
7. Juni: Cicero nach Griechenland ins Lager des Pompeius und der Senatspartei

48 9. August: Niederlage des Pompeius bei Pharsalos, Ermordung des Pompeius in Ägypten, Rückkehr Ciceros nach Brundisium

47 Caesar in Ägypten und Kleinasien
25. September: Begnadigung Ciceros, Rückkehr nach Rom
Caesar Diktator, Cicero politisch kaltgestellt

46 Sieg Caesars bei Thapsos in Afrika, Freitod Catos in Utica

46–44 Zweite schriftstellerische Periode Ciceros: *Tusculanae disputationes – Tuskulanische Gespräche; Brutus de claris oratoribus – Brutus oder Von den berühmten Rednern; Orator – Der Redner; Cato Maior de senectute – Cato der Ältere oder Vom Greisenalter; Laelius de amicitia – Laelius oder Über die Freundschaft; De officiis – Von den Pflichten.*
Reden für ehemalige Pompeianer: *Für Marcellus, Für Ligarius, Für den König Deiotarus*

45 Mitte Februar: Tod von Ciceros Tochter Tullia
17. März: Sieg Caesars bei Munda in Spanien und Rückkehr nach Rom, danach Diktator auf Lebenszeit

44 15. März: Caesar von Brutus, Cassius und anderen ermordet

44–43 Erneuter Bürgerkrieg
Cicero der Führer der Senatspartei im Kampf gegen den Caesar-Nachfolger Marcus Antonius: 14 *Philippische Reden*

43 21. April: Sieg der Konsuln Hirtius und Pansa über Antonius bei Mutina
Tod der Konsuln
Caesars Adoptivsohn Octavian verbündet sich mit Antonius und Lepidus (Zweites Triumvirat)
Ächtung ihrer Gegner (Proskriptionen)
7. Dezember: Cicero als Opfer der Proskriptionen bei Formiae ermordet

42 Niederlage und Tod des Brutus und Cassius bei Philippi

31 Sieg des Octavian bei Actium über Antonius
Ende des Bürgerkrieges
Octavian-Augustus Alleinherrscher

30 Octavian macht Ciceros Sohn zum Konsul

Literaturhinweise

Bleicken, J.: Geschichte der römischen Republik. München/Wien [4]1992.

Bringmann, K.: Römische Geschichte von den Anfängen bis zur Spätantike. München 1995.

Büchner, K.: Cicero. Bestand und Wandel seiner geistigen Welt. Heidelberg 1964.

– Studien zur römischen Literatur II: Cicero. Wiesbaden 1962.

– (Hrsg.): Das neue Cicerobild. Darmstadt 1971. (Wege der Forschung. 27.)

Christ, K.: Krise und Untergang der römischen Republik. Darmstadt [3]1993.

– Römische Geschichte. Einführung, Quellenkunde, Bibliographie. Darmstadt [5]1994.

Classen, C. J.: Recht – Rhetorik – Politik. Untersuchungen zu Ciceros rhetorischer Strategie. Darmstadt 1985.

Dahlheim, W.: Julius Cäsar. Die Ehre des Kriegers und der Untergang der römischen Republik. München 1987.

Fuhrmann, M.: Cicero und die römische Republik. München/Zürich [3]1991.

Gelzer, M. / Kroll, W. / Philippson, R. / Büchner, K.: M. Tullius Cicero. Einzeldruck aus Paulys Realencyclopädie der classischen Altertumswissenschaft. Stuttgart [o. J.]. [Zuerst 1939.]

Gelzer, M.: Cicero. Ein biographischer Versuch. Wiesbaden 1969.

Giebel, M.: Cicero. Reinbek bei Hamburg [11]1997.

– Cicero in Tusculum. In: Treffpunkt Tusculum. Stuttgart 1995. S. 30–45.

Grimal, P.: Cicero. Philosoph, Politiker, Rhetor. München 1988.

Habicht, Chr.: Cicero der Politiker. München 1990.

Kytzler, B. (Hrsg.): Ciceros literarische Leistung. Darmstadt 1973. (Wege der Forschung. 240.)

Maurach, G.: Marcus Tullius Cicero. In: Geschichte der römischen Philosophie. Darmstadt 1989. S. 53–78.

Meier, Chr.: Cicero. Das erfolgreiche Scheitern des Neulings in der alten Republik. In: Die Ohnmacht des allmächtigen Diktators Caesar. Drei biographische Skizzen. Frankfurt a. M. 1980. S. 101–222.

Perlwitz, O.: Titus Pomponius Atticus. Untersuchungen zur Person eines einflussreichen Ritters in der ausgehenden römischen Republik. Stuttgart 1992.
Plasberg, O.: Cicero in seinen Werken und Briefen. Darmstadt 1962.
Seel, O.: Cicero. Wort, Staat, Welt. Stuttgart [2]1961.
Strasburger, H.: Ciceros philosophisches Spätwerk als Aufruf gegen die Herrschaft Caesars. Spudasmata 45 (1990). Wiederabgedr. in: H. St.: Studien zur alten Geschichte. Bd. 3. Hildesheim 1990. S. 407–498.
Thraede, K.: Grundzüge griechisch-römischer Brieftopik. München 1970.
Zielinski, T.: Cicero im Wandel der Jahrhunderte. Darmstadt 1967. Nachdr. der 3. Aufl. Leipzig 1912.

Textnachweise

Sämtliche Zitate wurden von der Herausgeberin übersetzt. Die Kapitel-Überschriften sind zitierten Textstellen entnommen und finden sich kursiviert innerhalb der Kapitel wieder. Erläuternde Zusätze stehen in spitzen Klammern.

Ciceros Briefe

M. Tulli Ciceronis Epistulae.
Vol. 1: Epistulae ad Familiares. Rec. L. C. Purser. Oxford 1979.
Vol. 2: Epistulae ad Atticum Pars prior (Lib. I–VIII). Rec. W. S. Watt. Oxford 1969. Pars posterior (Lib. IX–XVI). Rec. D. R. Shackleton Bailey. Oxford 1978.
Vol. 3: Ad Quintum fratrem. Epistulae ad M. Brutum. Fragmenta epistularum Ed. W. S. Watt. Oxford 1958.

Cicero's Letters to Atticus. Ed. D. R. Shackleton Bailey. Vol. 1–7. Cambridge 1965–70.
Cicero: Epistulae ad Familiares. Ed. D. R. Shackleton Bailey. Vol. 1–2. Cambridge 1977.
The Correspondence of M. Tullius Cicero. Arranged according to its chronological order by R. Y. Tyrell and L. C. Purser. Vol. 1–6. Nachdr. der 2. Aufl. Dublin / New York. Hildesheim 1969.
M. Tullius Cicero: Atticus-Briefe. Lat./Dt. Ed. H. Kasten. München ^{2}1976.
An seine Freunde – Epistularum ad familiares libri XVI. Lat./Dt. Ed. H. Kasten. München 1964.
An Bruder Quintus. Epistulae ad Quintum fratrem. Lat./Dt. Ed. H. Kasten. München 1965.

Ciceros Reden

M. Tulli Ciceronis Orationes.
Vol. 1: In Catilinam. Pro Caelio. Ed. A. C. Clark. Oxford 1961.
Vol. 2: Pro Milone. Pro Marcello. Philippicae I–XIV. Ed. A. C. Clark. Oxford 1956.
Vol. 3: In Verrem. Ed. G. Peterson. Oxford 1965.
Vol. 5: Pro Sestio. Ed. G. Peterson. Oxford 1962.
Vol. 6: Pro Archia. Pro Plancio. Ed. A. C. Clark. Oxford 1964.

Rhetorische Werke

M. Tulli Ciceronis Rhetorica. T. 2: Brutus. Orator. Ed. A. S. Wilkins. Oxford 1964.

Philosophische Werke

Ciceronis, M. Tulli, scripta quae manserunt omnia.
De re publica. Rec. K. Ziegler. Leipzig [7]1969.
De legibus. Ed. K. Ziegler. Heidelberg [2]1963.
Tusculanae disputationes. Ed. M. Pohlenz. Stuttgart 1957.
De finibus bonorum et malorum libri V. Ed. T. Schiche. Leipzig 1915. Nachdr. Stuttgart 1961.
Academicorum priorum Liber secundus, qui inscribitur Lucullus. Rec. R. Klotz. Leipzig 1873.
Academicorum ad M. Varronem libri II. Rec. R. Klotz. Leipzig 1873.

M. Tulli Ciceronis De finibus bonorum et malorum. Ed. J. S. Reid. Cambridge 1925. Nachdr. Hildesheim 1968.
M. T. Ciceronis De officiis. Rec. M. Winterbottom. Oxford 1994.
M. T. Ciceronis De divinatione. Ed. A. St. Pease. Darmstadt 1963.

Verzeichnis der Textstellen

Att. Epistulae ad Atticum – Briefe an Atticus
Fam. Ad familiares – Briefe an die Freunde (und Verwandten)
Quint. Epistulae ad Quintum fratrem – An Bruder Quintus
Tusc. Tusculanae disputationes – Tuskulanische Gespräche
De fin. De finibus bonorum et malorum – Vom höchsten Gut und größten Übel

I
Als wärest du bei mir, wenn ich dir schreibe

II
Meine Ruhmbegierde eingestehen

III
Was für Zeiten, was für Sitten!

51 Att. 4,3,2.
52 Pro Milone – Rede für Milo 17 f.; 20; 23; 27 ff.; 30.

56 Fam. 7,30.
57 Fam. 9,15,3 f.

IV

Ich halte mich durch meine Studien aufrecht

58 Quint. 2,13,1. Att. 4,10.
59 Att. 1,20,7.
60 Pro Archia – Rede für Archias 12 f.; 16.
61 De re publica – Vom Staat 1,29.
62 Tusc. 5,64–66.61–63

64 De fin. 3,7–9.
66 De fin. 5,1–6.
70 Fam. 9,18.
71 Fam. 9,16,7. Fam. 9,8,2.
72 Fam. 9,1,2.
73 Fam. 7,25,2.

V

Einen Zufluchtsort zu besitzen

74 Att. 1,6,2. Att. 1,9,2. Att. 1,10,4.
75 Att. 1,3,2. Fam. 7,23,1 ff.
77 Fam. 7,20,1 f. Att. 4,4a.
78 Att. 4,8.
79 Att. 7,7,3. Fam. 7,18,3. Quint. 3,1.3 ff.

80 Fam. 7,26.
82 Fam. 9,6,4 f.
83 Fam. 7,1 ff.5.
86 Fam. 6,18,5.
87 Att. 12,9.
88 De legibus – Von den Gesetzen 2,1,3.

VI

Diese großen und hochwohlgeborenen Herren

89 In Verrem – Erste Rede gegen Verres 5,15; 6,1. In Verrem – Zweite Rede gegen Verres 5,179–183.
91 In Verrem – Zweite Rede gegen Verres 3,7.
92 In Verrem – Zweite Rede gegen Verres 4,82.74.81. Att. 6,1,17 f.

93 Att. 6,1,2.
94 Fam. 3,7,2.4 ff.
96 Fam. 3,9,1.3 f.
98 Att. 1,19,6. Att. 4,5,1–3.
100 Att. 2,1,7. Att. 1,18,6.
102 Pro P. Sestio – Rede für Sestius 100. Pro P. Sestio – Rede für Sestius 96 f.

VII

Die Meinen

103 Att. 1,18,1. Att. 7,2,4. Quint. 1,3,1.5 f.10.
105 Fam. 14,1.
106 Fam. 14,3,5.
107 Quint. 1,3,3. Att. 6,6,1.
108 Fam. 2,15,2. Att. 7,3,12. Att. 1,17,1.3.
109 Att. 5,1,3.
111 Att. 6,7,1. Att. 6,1,12. Att. 14,13,4. De officiis – Von den Pflichten 1,1 ff.
113 De officiis – Von den Pflichten 1,4b–5.
114 De officiis – Von den Pflichten 3,121 f. Att. 13,1,1. Att. 15,16.
115 Att. 15,17,2. Att. 11,9,3.
116 Att. 11,10. Att. 11,11,2.
117 Fam. 14,13.
118 Att. 11,17. Att. 11,16,5.
119 Fam. 14,20. Att. 11,17a,1. Fam. 6,18,5.
120 Fam. 16,4.
122 Att. 7,5,2.

VIII

Ich sollte nicht trauern – wie könnte man das?

123 Att. 12,14,3.
124 Att. 12,15. Att. 12,18,1. Att. 12,42,1 f.
125 Att. 12,23,3. Att. 12,23,1.
126 Att. 12,40,2.

IX

Ich kannte mich selbst noch nicht

127 Att. 5,9,1. Att. 5,11,1.5.
128 Fam. 2,12,2.
129 Att. 6,1,21. Fam. 2,11,2.
130 Fam. 2,13,3.
131 Att. 5,20,1 ff.6.
133 Fam. 9,25,1.

X

Dass wir keinen Staat mehr haben

134 Fam. 1,7,10.
135 Quint. 3,5,4. Att. 4,6,1 f.
136 Att. 7,11,1 f.
137 Att. 8,8.
138 Att. 8,3,1. Att. 9,4,2.
139 Att. 8,11,1 f.
140 Att. 8,7,1 Ende. Att. 10,8,1. Fam. 4,9,3.
141 Fam. 9,20,3. Fam. 7,28,1.3.
142 Fam. 4,13,1 Ende. 3.

144 Brutus De claris oratoribus – Brutus oder Über die berühmten Redner 9–13; 329–332.

147 Quint. 3,7,1 f.

XI
Philosophie, du Führerin des Lebens

148 Att. 2,5,2 f. Tusc. 3,6.
149 Tusc. 1,117 ff.
150 Tusc. 5,5 f. De divinatione – Von der Weissagung II Prooemium 1–7.
152 Orator – Der Redner 12. Academica libri priora sive Lucullus 2,3,8.
153 Tusc. 2,9. Tusc. 2,11 f. Tusc. 4,57.
154 De fin. 5,67. Fam. 9,8,1.
155 Academici libri ad Varronem 1,1–4.10.12 f.18.
158 De fin. 1,1 f.4.8.10.
159 Tusc. 2,1 f.4 f.

XII
Caesar zu bessern

161 Att. 2,1,6. Quint. 3,5,3.
163 Att. 7,3,11. Att. 8,13,1.
164 Att. 10,4,8.
165 Att. 9,18,1 ff.
166 Fam. 9,17,2 f.
167 Fam. 4,4,3 f.
168 Pro M. Marcello – Rede für Marcellus 19; 23 f.
169 Att. 13,52.
170 Att. 13,40,1.
171 Att. 14,1,2. Att. 14,17,6. De officiis – Von den Pflichten 1,26.